LAS
INCREÍBLES
AVENTURAS DE

HARRY MOON

SERIE BLANCA 1

PESADILLAS DE HALLOWEEN

Por

Mark Andrew Poe

Ilustrado por Christina Weidman

editorial rabbit

**Pesadillas de Halloween (Las Increíbles Aventuras de Harry Moon,
Series Blancas Libro 1)**
Por Mark Andrew Poe
© Copyright 2016 por Mark Andrew Poe. Derechos Reservados.

Editorial Rabbit
1624 W. Northwest Highway
Arlington Heights, IL 60004

Ilustraciones por Christina Weidman
Diseño de Caratula por Chris D'Antonio
Diseño del Interior por Lewis Design & Marketing
Consultantes Creativos: David Kirkpatrick, Thom Black y Paul Lewis

ISBN: 978-1-943785-50-6

10 9 8 7 6 5 4 3 2 1

1. Ficción - Acción y Aventura 2. Ficción Niños
Primera Edición
Impreso en los U.S.A.

No te preocupes.
Yo te cubro.

~ RABBIT

ÍNDICE

PREFACIO

Halloween visitó el pequeño pueblo de Sleepy Hollow y nunca se fue.

Muchas noches atrás, un alcalde malvado y malicioso encontró que los poderes de la oscuridad le ayudaron a cambiar al pueblo de Sleepy Hollow en "Spooky Town," una de las atracciones más celebradas en el país. Ahora, años después, un mago del octavo grado, Harry Moon, es escogido por los poderes de la luz para batallar contra este alcalde y sus compañeros malvados.

Bienvenidos a *Las Increíbles Aventuras de Harry Moon*. La oscuridad puede haber encontrado un hogar en Sleepy Hollow, pero si el joven Harry tiene algo que ver con esto, la oscuridad no se quedará ahí.

Presentimiento

Sleepy Hollow tiene un dicho.

Es un lugar donde "Cada día es una noche de Halloween." Para aquellos que se encontraban con este pueblo de New England, o mejor dicho eran traídos acá

– los sustos, las emociones y los caramelos existían en abundancia. Además de los recuerdos y muestras inspirados en Halloween. Una selfie tomada con la inmensa estatua del Headless Horseman era un "tengo que" para todos los turistas. NINGÚN turista se fue de Sleepy Hollow sin tomarse una foto con la bestia. ¿Quién no quería que se le tome una foto con este famoso caballero que perdió su cabeza? Esto siempre tenía reconocimiento en Twitter e Instagram. Estas fotos iban por todo el mundo. Los turistas seguían viniendo todos los días del año buscando la noche de Halloween.

Y la encontraban.

El Treinta y uno de Octubre era mágico, aún para aquellos que vivían en Sleepy Hollow.

Cada año, los habitantes de Sleepy Hollow veían una fogata gigante en la plaza central del pueblo que explotaba hasta el cielo, emanando una luz brillante de llamas de color naranja y dorado por la avenida Conical Hat, la tienda de caramelos Witching Hour, y la tienda de herramientas Haunted Hardware.

Ninguna persona que vivía en Sleepy Hollow podía ignorar esta magia.

Pero ¿qué tipo de magia era?

Solamente Harry Moon tenía un presentimiento.

El pueblo entero seguía la corriente de esta temporada de sustos. Había fiestas donde hacían apple dunking, haunted hayrides de la Granja Folly, y por supuesto, la fogata. Las fiestas de la fogata comenzaban con el sonar de los gongos a las ocho de la noche, en la vieja torre de ladrillos. Las ocho era la hora perfecta. Era lo suficientemente tarde para que esté bien oscuro y lo suficientemente temprano para todos los trick-or-treaters, aun para que los niños de la primaria pudieran asistir.

Trick-or-treating era precisamente con lo que estaba lidiando Harry Moon cuando subió a su cuarto en el segundo piso en Nightingale Lane solo unos días antes de la noche de Halloween. Ahí, encima de su cobija, que era

}

bien cool, con la Bati señal en la mitad, había una caja de color marrón con una nota de su mamá. "Me pareció que deberíamos hacer algo distinto este año" decía la nota.

Harry sabía lo que seguía. No tuvo ni que abrir la caja que contenía papel celofán para adornarla. Pero la abrió de todas formas. Era su disfraz de Harry Houdini del año pasado.

Pero este año, su disfraz estaba cubierto con cadenas de plata. Harry pensó que esto era un tributo al truco más famoso de Houdini – el escape de la tortura de agua.

Harry Moon gimió con una angustia que solo un chico de middle school puede entender, "Estoy en el octavo grado," le dijo a su reflejo en el espejo de marco de pino situado arriba de su escritorio. "¡Realmente voy a hacer algo distinto!" viéndose en el espejo para ver si ya le habían salido pelos en su barba. Pero se encogió cuando se dio cuenta de que absolutamente nada había cambiado desde la clase de ciencias del quinto periodo.

Se lanzó a su cama. Hacer algo distinto. Realmente voy a hacer algo distinto. Pero tendría que contar sus planes a sus padres. Y lo que Harry Moon había planeado era demasiado importante como para contarlo durante la cena. Además, sabía que su hermana-sabelotodo, Honey, era parte de todo esto. Tenía que ser cuidadoso, tenía que reunir a su mamá y a su Papá y tener una charla de "niño grande" como la llamaba su Papá.

Después de la cena con los sospechosos generales (su familia), Harry esperó en su cuarto hasta las siete y media, hora en la que debía reunirse con sus padres en el estudio de su Papá. Harry tenía un examen de Literatura Inglesa el siguiente día, pero era imposible que estudie hasta terminar su reunión. Este tipo de reuniones siempre le ponían nervioso y ésta no era la excepción. Es más, estaba tan nervioso que pensaba que iba a vomitar en la caja donde había estado su disfraz. No había suficiente espacio para todo lo que iba a vomitar.

Durante un largo tiempo él seguía viendo aquella caja donde los "algo distinto" de los años anteriores estaban guardados. Estaba el alto sombrero de fieltro, las máscaras y los pañuelos mágicos de los últimos siete años de disfrazarse de Harry Houdini. Viendo todo el trabajo que había hecho su mamá para él durante estos días de Halloween solo le hacía sentirse mal acerca de lo que iba a decirles.

Miró su reloj por décimo séptima vez.

Finalmente, ya era hora.

Todo estaba tranquilo en la casa cuando Harry bajó por las gradas para enfrentarlos. Honey Moon estaba en su cuarto, sin lugar a duda estaba haciendo sus deberes. Era una buena estudiante y le echaba esto en cara a Harry todos los días. No era bonito. Su hermano, Harvest Moon, estaba dormido. Él necesitaba más tiempo en la cama que Harry y Honey porque solo tenía dos años. Su sabueso que generalmente hacía mucha bulla, Half Moon, estaba en el jardín de atrás, caminando en silencio para bajar la comida, de la manera

6

que dice "comí demasiado". ¡Qué bien! Las condiciones eran perfectas para la conversación más importante, de niño grande, de la vida de Harry.

Harry solo pedía estas reuniones familiares cuando era realmente importante, por eso pensó que sus padres estaban tan nerviosos como él. Él anticipaba ver cómo su padre caminaría dando vueltas en ese lugar. Se imaginaba que su mamá iba a mover sus manos nerviosamente como lo hacían en esas viejas películas a blanco-y-negro.

En vez de eso, encontró un par de padres muy diferentes a lo que él se imaginaba, sentados alrededor de la mesa de caoba, jugando "Clue" mientras lo esperaban.

"¡Aja!" dijo Mary Moon, al leer entre risas su carta.

"¡Pasaje Secreto!" Ella puso su figura en el espacio del Cuarto de Baile.

"¡Oh sí que eres astuta, Sra. Peacock!" dijo

8

el Papá de Harry, John Moon, quien era alto y flaco como una salchicha delgada, completamente lo contrario a Harry, quien era muy pequeño para su edad.

"Astuta, Profesor Plum," Dijo mamá al

jugar con su lindo cabello color castaño poniendo una pose altiva y riéndose.

Estaban tan entretenidos con el juego de Clue que cuando Harry entró tuvo que toser fuerte para que le pusieran atención.

"Em, Emmmm," dijo. No salió como él quería. Sonó más bien como si estuviera haciendo gárgaras con canicas.

"Harry," Dijo mamá poniéndose erguida.

"Mi Chico Moon!" dijo John Moon. Harry, inmediatamente, se dio cuenta de cómo lo había llamado. Ese nombre usaba su papá cuando estaba un poco nervioso. Harry se calmó al saber que no era el único que estaba ansioso.

Su papá se levantó de su silla, caminó detrás de Harry y cerró la puerta de madera que daba al resto de la casa. El cuarto se llamaba "Cuarto de Lectura". Los estantes estaban llenos de libros. Cada uno de los miembros de la familia Moon era un ávido lector.

Ya llegó la hora. ¡La hora de niño grande!

"¿Qué pasa, precioso?", dijo Mary Moon, con su voz suave y calmada, mientras se sentaba en el sofá.

"Odio tener que interrumpir este lindo tiempo," dijo Harry suavemente. "Pero tengo que hacerlo."

"¿Qué es lo que estás interrumpiendo?" dijo John Moon, encogiendo sus hombros y ajustando sus elegantes y modernos lentes, mientras veía a su hijo.

"Quiero decir, yo sé cómo te gusta la Bella Durmiente," le dijo Harry a su madre. "Y sé que a ti te gusta Drácula, papá," dijo viendo a su padre. "Y... y a mí siempre me ha gustado disfrazarme de Harry Houdini."

"Él es tu ídolo," dijo mamá. "¿Recibiste mi nota? ¿Viste las cadenas?"

Harry asintió con la cabeza. "Bueno, la familia Moon siempre ha sido un equipo," dijo él.

"Y yo tengo lindos recuerdos de este tiempo del año." El viró su mirada hacia la ventana donde estaba el patio trasero. "Papá, parece como que fue ayer que te escondiste en ese árbol de roble con tus alas de murciélago." Harry se rió entre dientes. "Y tuvieron que cocerme doce puntos. Y mamá, nunca me voy a olvidar de esa vez que me enseñaste a hacer ese baile fox-trot para el baile de primavera de sexto grado. Fuiste tan paciente, aun cuando pisaba tus pies."

11

Harry vio cómo se dibujaba una sonrisa en la cara de su mamá. Él miró hacia sus pies y respiró profundo. "Pero se acabó para mí." levantó su mirada. "Tengo que hacerlo a mi manera este año." Tenía un nudo en la garganta y trató de limpiar su garganta, pero de nuevo sonó tan feo como si estuviera haciendo gárgaras con canicas.

"¿Qué estás diciendo precioso?" pregunto mamá.

"Este año voy a ir disfrazado de mí mismo,"

Harry dijo con toda la fuerza y confianza, armándose de valor.

"¿Tú mismo? Espero que siempre seas tú mismo." Dijo John.

Mamá puso su mano en el hombro de Harry. "Él quiere decir que no va a hacer trick-or-treating disfrazado."

"No voy a hacer trick-or-treating PARA NADA."

Harry vio cómo los ojos de su madre se agrandaron. Ella estaba buscando una solución.

"Por lo menos, ¿puedes llevar a Honey trick-or-treating vestido con tu ropa normal?" le preguntó mamá con una cierta perspicacia que tenía para negociar. "Tú sabes cuánto le gusta ir contigo."

"Si realmente crees eso, mamá, yo le llevo a Honey trick-or-treating. Pero como yo mismo."

"¿Entonces ya no estás para ser Harry

Houdini? Yo entiendo, creo," dijo papá. "Después de todo, destrozaste al ilusionista más grande del mundo, Elvis Gold, en nuestra propia sala."

"No es eso, papá," dijo Harry.

"Y estás mejorando mucho con tu magia," dijo mamá, mirándolo cuidadosamente, mientras él permanecía completamente quieto.

"Eso espero, mamá," dijo Harry.

13

"Entonces ¿por qué no quieres disfrutar de Halloween con nosotros?"

Harry meneó su cabeza. "Es difícil explicar qué es. Pero hay algo que debo hacer. Hay algo raro en Sleepy Hollow. Me preocupa que el Alcalde Maximus Kligore esté involucrado. Y no saben, pero he tenido algunas serias preocupaciones."

"Esas son solo sospechas, Harry," dijo papá. "No se ha probado nada."
s

"Tengo que descubrirlo, papá," dijo Harry. "Tengo que investigar, para bien o para mal. Yo he respondido a este llamado."

"¿El llamado de quién?" preguntó papá. "¡Solo tienes doce años!"

"Tengo trece años, papá."

"Tienes razón, discúlpame," dijo John.

"Está hablando metafóricamente," explicó su mamá.

14

"Estoy hablando de Rabbit," dijo Harry, jugando con una de las piezas del juego que tenía en su mano.

"¿Qué tiene que ver Rabbit con todo esto?" preguntó papá.

"Rabbit tiene un plan. No se necesita que nadie se ponga un disfraz, ni yo, ni ninguno de mis amigos en el Club de Las Buenas Travesuras," contestó Harry.

"¿Qué es lo que harás?"

"Quedarme cerca de Rabbit."

Mamá respiro profundamente. Pasó su mano por la tela con bolitas del sofá. "Solo para aclarar, Harry, yo sé que esto es algo pequeño considerando la batalla cósmica del mundo espiritual... pero acuérdate que por lo menos aceptaste ir con tu hermana."

"Claro mamá, si eso es lo que ella quiere," dijo Harry.

"Oh, Honey sí quiere que su hermano mayor la acompañe. Eso la va a hacer muy feliz."

Harry respiró profundamente, aliviado. Después de todo no vomitó de los nervios. Ya se había acabado la conversación de "Niño Grande". Y tenía trabajo que hacer esta noche de Halloween.

15

¿Acaso El Viento Cerró La Puerta?

E ra domingo por la mañana. Harry estaba cantando con su familia en la Iglesia Old North. En su brazo, Harry sostenía a su pequeño hermano, Harvest. Mientras Harry cantaba, él ponía énfasis en cada palabra del himno viendo la cara redondita de su hermanito. Harry hacía el sonido de "Os" con su boca. Y "Es" con su sonrisa.

El pequeño Harvest estaba muy entretenido con la cabeza de Harry como para aprender una nueva canción este domingo. Jugaba con la cabeza de Harry como tambor, usando sus dos manitos. Aún con el ambiente lleno de felicidad, Harry, quien tenía la habilidad que la mayoría de nosotros no tiene, volteó su cabeza hacia las puertas de roble en la parte posterior de esta iglesia histórica.

Se acercaba la oscuridad. Él no la podía ver, pero la podía sentir. Harry tembló de escalofrío.

Las paredes de piedra de la iglesia, de casi cuatrocientos años, titilaban con la luz radiante de las velas. Había velas blancas en el altar y las velas de vigilia bajo la cruz.

Estos días es tan fácil prender una vela o prender fuego. En los tiempos antiguos, los fuegos tenían que comenzar con la fricción entre una piedra y un palo que se llamaba método de arco y taladro. Se ponía el palo contra la piedra que contenía un atado de yesca, lo que era como un nido de materiales fibrosos, acolchonados y combustibles. La roca se frotaba contra el palo hasta lograr que salga una chispa o se prenda una llama. Tomaba mucho tiempo y trabajo crear con este método de arco y taladro el calor suficiente para que ese atado se prenda.

El fuego siempre ha sido necesario, pero era difícil conseguirlo en la era antigua. La gente que tenía problemas para prender la llama simplemente buscaba fuego en vez de generarlo ellos mismo. Ellos pedían "prestadas" las llamas de otro fuego para poder prender el suyo.

19

Sin embargo, aún pedir el fuego era un arte en esa era tan supersticiosa, especialmente en los tiempos antiguos en New England donde vivían los ancestros de Harry. Solo había dos tipos de llamas que se podían pedir prestadas: la llama de la bendición y la llama de la maldición. Debías tener muchísimo cuidado de cuál pedías prestada.

Mary Moon, a diferencia de su hijo, no tenía la visión especial de Harry, aunque la mayoría de mamás con hijos en middle school daban la impresión de tener ojos detrás de su cabeza. Sus hijos – Harry, Harvest, y Honey, se sorprendían de su habilidad. Aún su perro sabueso, Half Moon, sentía que sus ojos lo sabían todo. Mary estiró sus manos y agarró las manos de Harvest y las quitó de la cabeza de Harry. Ella quería que Harvest ponga atención a las palabras del himno.

"Harvest Moon, quiero que escuches las palabras," dijo Mary susurrando, mientras su esposo John, alto y flaco como una vaina, sonreía y seguía cantando.

Este es el mundo de mi Padre
y para mis oídos que escuchan,
Toda la naturaleza canta, y alrededor mío
Suena la música de las esferas

El himno fue escrito por un pastor y naturista del siglo 19, Maltbie D. Babcock. El

Pastor Babcock había sido famoso en la parte Norte del estado de Nueva York porque generalmente iba a las montañas. Rodeado de sus cumbres altas y las nubes, el pastor meditaba sobre las cosas maravillosas de la vida y reflexionaba en la hermosura de la naturaleza.

Este es el mundo de mi Padre,
Lo entonan sus canciones,
La luz de la mañana, el lirio blanco,
Alaba al Creador.

Harvest, un naturista también, amaba jugar en el césped, descubrir diferentes mariquitas y orugas. Si él escuchaba y entendía las palabras del himno, Harry estaba seguro que las apreciaría.

Fuera de esta pintoresca iglesia, una Mujer Voladora Dorada pasó por la esquina de La Calle Maple y El camino Mt. Sinaí. Este era el adorno clásico del hermoso y lujoso carro negro — el Lustro Phantom. Esta mujer voladora, o como también se la llamaba, el Espíritu del Deseo, era una estatua hecha de

24K de oro, firmemente incrustada en el capote del auto. Este adorno era símbolo de poder. Pocas personas en el mundo podían permitirse un automóvil tan costoso.

El Lustro negro paró frene a la Iglesia Old North mientras continuaba el cántico, y la gente no se percató de ello.

Este es el mundo de mi Padre,
la batalla no ha terminado ...

"Es verdad," dijo la voz dentro del Lustro negro. "Esta batalla aún no ha terminado, ¿No es verdad señoritas?"

"Verdad, Jefe," contestó Cherry Tomato. Ella se rió como un pájaro colimbo.

Dentro del auto, con un aspecto rugoso, con ojos malvados, el alcalde de Sleepy Hollow, Maximus Kligore, miraba fuera de su ventana. El Alcalde Kligore era uno de los únicos en Sleepy Hollow que podían comprar un auto como el Lustro, aunque honestamente nadie sabía de dónde tenía tanto dinero. El Alcalde Kligore estaba sentado en el asiento del pasajero, junto a su asistente y chofer, la vivaz Cherry Tomato.

Al solo mirar dentro del auto pensarías que los líderes de negocios del pueblo estaban en una reunión, pero no era así. Era una reunión de la oscuridad de Sleepy Hollow con el alcalde. En el asiento de atrás estaban las atractivas administradoras de la tienda de novedades Fire Magic, ubicada en la dirección 999 calle Gehenna en Boston, eran la hermosa Bubu Judu ("ella decía soy Bubu Judu con el vudú," cuando recibía a los clientes) y la señorita vestida de color carmesí, llamada Ruby Rutabaker.

El alcalde y sus felices pasajeras con los labios pintados de rojo estaban celebrando el cumpleaños de Cherry Tomato. Ruby sacó un pastel pequeño pero sofisticado de una caja de la panadería, adornado con una hoja de oro. Tenía cinco velas.

"¿Alguien tiene un fosforo?" preguntó Ruby.

Nadie tenía uno.

"Yo me encargo," dijo El Alcalde Kligore riéndose. Abrió la ventana, extendió su mano, con la palma hacia el norte de la iglesia y sopló.

La puerta del frente de la Iglesia Old North se abrió súbitamente, empujada por el viento de otoño. Las velas en el altar se apagaron, debajo de la cruz sagrada flotó una red de oscuridad sobre el altar.

En el Lustro, el alcalde tenía una pequeña bola de llamas de fuego, no más grande que un huevo de gallina. La lanzó en el aire como si nada. La llama de la bola mágicamente prendió las cinco velas. Con las velas prendidas, Bubu, Ruby y el Alcalde Maximus Kligore cantaron "Feliz Cumpleaños" a Cherry Tomato mientras se reían y se alejaban en su auto.

En la iglesia, Harry se fruncía mientras cantaba. Miró al altar con sus velas ya apagadas, y una sospecha se movía en su interior. Había sentido que se acercaba la oscuridad, y ahora ya estaba aquí. Alguien se había robado las llamas de las velas.

24

Harry estaba confundido. Miró hacia atrás, hacia donde había estado el Lustro, pero ya era muy tarde. La oscuridad se había ido.

Confundido, él meneaba su cabeza.

"Solo fue el viento, Harry," dijo su mamá en voz baja.

"No, mamá," le contestó Harry, también en baja voz. "Nunca es solo el viento. No en mi mundo."

25

LOS PENSAMIENTOS
DE MARY MOON

L as nubes blancas se paseaban por el
cielo azul del otoño. Los pájaros cantaban
canciones en los árboles y una brisa
llevaba aromas marrones del otoño. Mary
Moon debía haber estado más feliz la mañana
de ese domingo cuando salía por las

puertas de la Old North y pasaba por las gradas de piedra de este lugar de alabanza que ella había llegado a amar, pero estaba preocupada por Harry.

Desde las gradas ella vio cómo Harry estaba hablando con un hombre viejo al frente de la iglesia. El hombre estaba vestido con trapos y solo medía 5 pies. Parecía que era un mendigo. Sin duda, ella pensó que él estaba pidiendo monedas que no habían llegado al plato de la ofrenda.

Harry levantó su voz al pobre hombre y a Mary no le gustó nada su tono. Era fuerte y demandante, casi como gritando. Ella bajó las gradas rápidamente. John estaba detrás suyo con Harvest en sus brazos y con Honey en la otra mano. Ellos estaban un poco retrasados, tratando de sacar a todos de la iglesia, saludando a sus amigos, sin darse cuenta de lo que estaba sucediendo en la calle.

"¡Harry!" Mary Moon le gritó a su hijo mientras bajaba las gradas.

"Mamá, todo está bien. Yo puedo lidiar con esto," le dijo Harry mirándola.

"¿Que pasa?" preguntó Mary.

El viejo sonrió sin dientes, "Estoy buscando algo de comer, buena señora." Sus ojos eran tristes, borrosos, como dos lunas pálidas.

"Mamá," dijo Harry. "Ándate por favor."

El mendigo se acercó más. "Solamente estoy preguntando—"

"Él no está pidiendo, mamá," murmuró Harry en alta voz. "Él no es lo que aparenta ser."

"Oh, mi señora," dijo el hombre viejo mientras veía a Mary, "Solo soy una pobre alma del viejo país que necesita comida." Mary observó que su camiseta estaba andrajosa y hecha pedazos.

"¿El viejo país?" dijo Harry. "¡Tan viejo como el fuego del infierno, mamá! Él no es lo que aparenta ser. ¡Él está aquí en la Old North buscando reclutar más personas para su club especial!"

"Vamos, Harry," dijo Mary Moon fuertemente. "Tenemos que apurarnos. El sermón estuvo largo y tenemos que ir a comer pancakes en Saywells a las once. No queremos que el Sr. Homer entregue nuestros asientos a otras personas. ¡Mira! tu padre, Honey y Harvest ya se están en camino."

Mary abrió su cartera, buscó en ella y le dio un poco de dinero al mendigo.

"Mamá, no lo hagas," dijo Harry.

"Gracias mi señora," dijo el mendigo con una sonrisa. Sosteniendo las monedas en su palma, contó seis monedas de 25 centavos. Mary, del otro lado, contó que el pobre hombre tenía solamente tres dientes. Ella le dio la mano a Harry, y él dejó que lo hiciera mientras le llevaba por la vereda.

Las campanas de la Old North estaban ya sonando para el siguiente culto de las once de

la mañana. Mary meneó su cabeza tratando de calmar el sonido que hacían estas campanas en su cabeza.

"Harry," dijo Mary suavemente, soltando su mano al caminar por la acera y dirigiéndose hacia el pueblo.

"Si, mamá, ya lo sé," dijo Harry. "Pero esa criatura es mala. Es un animal del infierno, un monstruo que se disfraza de mendigo."

31

"La gente simplemente no entiende Harry y tú lo empeoras, Ellos no ven lo que tú ves."

"Yo sé mamá. Pero Oink me irrita."

"¿Oink?"

"Ese es el nombre de ese sabueso del infierno."

"Ya veo," dijo Mary. "El sonido que hace un cerdo es el nombre del mendigo."

"Si... más o menos," dijo Harry. "Un mendigo

que es realmente un sabueso del infierno."

"Bueno," dijo Mary. "Ahora lo entiendo."

Una mano tocó el hombro de Mary. Ella se dio vuelta y vio a John, Harvest y Honey. Ellos ya les habían alcanzado. Esto hizo más fácil que pudieran cambiar de tema.

"¿Quién quiere pancakes?" preguntó John Moon.

"Yo, Yo," dijo Harvest. "Buberries."

"Blueberries," Honey le corrigió.

"¡Buberries! ¡Buberries!" gritó Harvest.

"Bueno, como tú quieras," dijo Honey, alborotando el cabello de Harvest.

La familia Moon se divertía mucho en la farmacia Saywells. Era parte de este pequeño pueblo desde la segunda guerra mundial. Inluso tenía un mesón viejo de sodas donde podías pedir un helado de chocolate caliente en una taza de plata por solo 96 centavos. Mary había venido a Saywells (Dilo Bien y Mantente Bien) desde que era una niña pequeña.

Cuando su tía abuela Kay murió, Kay dejó su casa en Sleepy Hollow a Mary Moon. Habiéndose recién graduado de la escuela de enfermería en Boston y embarazada de Harry, Mary y John Moon estaban muy emocionados de tener esta casa tan linda para disfrutar con su familia. Una vez que llegaron a Sleepy Hollow, John comenzó a viajar a Boston para trabajar mientras Mary trabajaba de enfermera en el Hospital de Sleepy Hollow.

Las risas de la familia y la miel caliente, derramándose en los pancakes, casi le quitó el dolor a Mary por lo que había sucedido con Harry. Después de un buen desayuno, la familia caminó por Main Street hacia su casa en Nightingale Lane.

"No en mi mundo", Mary pensó en lo que había dicho Harry en la Old North. Estaba preocupada por su hijo especial. No en mi mundo. ¿Cómo era su mundo?

Por supuesto, todos los niños son especiales. Pero Harry, ella siempre había sabido que él tenía dones únicos. Al caminar con su familia, Mary se dio la vuelta para ver a Harry que se estaba quedando atrás y que aparente-

34

mente estaba hablando con el aire mientras caminaba por la acera.

Pero no era el aire con quien él hablaba. Harry estaba hablando con su amigo arlequín de orejas largas, Rabbit. Aún para un arlequín, Rabbit era muy grande. Rabbit había sido un regalo de Sansón, el dueño de la Tienda de Magia de Sleepy Hollow. Rabbit era un amigo especial con un gran conocimiento de la magia profunda que Sansón quería que Harry aprendiera. Por supuesto, nadie podía ver a Rabbit, excepto Harry. A no ser que Harry revelara a Rabbit a una audiencia en un truco de magia, los dos realmente hacían un gran equipo.

Rabbit caminaba con Harry y era casi tan alto como para llegar a su cintura. La madre de Harry, como el resto de personas, no podía ver a Rabbit, a no ser que este estuviera haciendo una presentación con él en el escenario.

Mientras Harry caminaba, Rabbit le contaba qué fue lo que sucedió en el incidente

35

misterioso con las velas en la Old North, cuando todas se apagaron al mismo tiempo.

"Es un ritual antiguo que se llama 'pidiendo la llama prestada', "Rabbit le dijo a Harry. "La oscuridad nunca puede hacer luz por sí misma, y en los tiempos antiguos no había fosforeras ni fósforos, por eso la oscuridad usaba su poder para robar la luz para sus propios fines."

Harry dejó de caminar y dejó que Rabbit continuase.

"Tenías razón Harry, cuando sentiste que había un peligro. El Alcalde Kligore sopló las puertas de la iglesia y robó las llamas. Él estaba afuera en su auto y necesitaba las llamas para prender las velas del pastel de una de sus.... Eh... Empleadas."

Harry empezó a caminar más rápido. "Qué jefe tan considerado," dijo, muerto de las iras, pensando en este poderoso hombre que tenía un poder tan fuerte sobre este pueblo, tan fuerte como Iron Man.

"Sin duda, es por esa razón que el ayudante del Alcalde, Cherry Tomato, le dice 'Gran Jefe'" dijo Rabbit.

Mary estaba pensativa mientras caminaba con su familia. Ausente, ella escuchaba cómo su esposo cantaba *Old McDonald Had A Farm*. Era una canción tan simple, pero a los niños Moon siempre les gustaba escucharla. Harry y Honey se reían cuando ella solía cantarles esta canción, haciendo que su mal humor se disipara y se volviera felicidad. Ahora, ella podía ver cómo el pequeño Harvest se reía, sentado en los hombros de su papá.

Aun así, Mary no podía dejar de pensar en su hijo mayor. Todavía veía su expresión cuando él la miró esa mañana en la iglesia. El hecho de que estaba fruncido, surgió de su dolor profundo, debido a la responsabilidad que sentía por un Sleepy Hollow en problemas.

Más tarde, Mary estaba poniendo la mesa

para la cena del domingo. El comedor de la familia Moon era realmente un hueco, apartado de la cocina, pero aún era parte de ella. Al poner las servilletas y los cubiertos para su familia, Mary Moon miró al techo del comedor en donde se hallaba un texto favorito de ella, escrito en el tipo de letra Old New England.

Había sido escrito hace casi 100 años por el padre de su tía, pero se había perdido con el tiempo.

38

Ella recordaba cuando se sentaba con su tía y su tío en la mesa, siendo muy chiquita. Había aprendido el alfabeto con esas palabras. También aprendió ahí acerca de la gracia.

Lo primero que hicieron Mary y su esposo cuando entraron a esta casa fue restaurar ese texto de arriba en el comedor. Mary había encontrado el tipo de letra original, y un sábado por la tarde ella y John trabajaron pintando estas palabras y restaurando las hojas y las enredaderas con la hoja dorada. Cuando estaba ansiosa, Mary veía las palabras y éstas la calmaban. Era una mujer de fe, pero

siendo una mamá que trabaja y tenía tres niños pequeños al mismo tiempo, Mary estaba estresada muchas veces. Difícil no estarlo.

Al poner los platos en la mesa, ella miraba esas palabras que salían del Libro Sagrado. Estaba feliz que ella y John las habían restaurado, porque sabía que sus hijos, aún con todas sus contradicciones, estaban siendo generalmente cuidados bajo la guía de la sabiduría celestial. Estas palabras, "amor, gozo, paz, paciencia, benignidad, bondad, fe, mansedumbre y templanza" siempre tenían un significado para ella. Eran un llamado a actuar. En la calma, antes de la cena del domingo, Mary encontró un descanso en esta simple frase.

Arriba, en su cuarto, Harry estaba terminando un mapa para la clase de geología. La puerta de Harry estaba cerrada mientras dibujaba en su escritorio. Aunque había un letrero que decía NO ENTRE BAJO NINGUNA CIRCUNSTANCIA, Honey, de diez años y en

39

quinto grado, abrió la puerta sin golpear y entró deliberadamente al cuarto de Harry, sin importarle el letrero.

40

Honey estaba puesta una peluca con flequillo, sombras en los ojos de color negro y una túnica dorada con docenas de estrellas de cartón de color de oro.

"¡Ta ta!" dijo Honey. Desfiló alrededor del escritorio de Harry, las estrellas hacían ruido al pegar contra la tela de la túnica. Ella tenía una sonrisa brillante con lindos dientes con frenillos. "¿Qué piensas hermano?" ella le preguntó.

"¿No debería ser tu disfraz de plata, y no de oro, para que combine con los frenillos de tu boca?" respondió Harry viendo a su mapa, en el que estaba ocupado ilustrando dónde estaban los recursos minerales y de agricultura del condado de Sleepy Hollow.

41

"¡Ja! ¡Ja! ¡Ja! Sabelotodo. ¿Sabes quién soy?" dijo ella.

"Ni idea," respondió. Otra vez, sin mirarla.

"Fui gobernadora de Egipto. ¡Me bañaba en leche de cabra! ¡Los hombres morían por mí! ¿Quién soy?" preguntó.

"Ni idea," respondió con un suspiro, concentrándose en su mapa.

"No entiendes porque solo tienes C en Historia del Mundo, dulzura. ¡Yo soy Cleopatra, cretino!" dijo ella.

"Bien por ti," respondió Harry.

"Entonces, ¿quién vas a ser esta noche de Halloween, chico mágico? ¿Harry Houdini, como los últimos seis años?" preguntó pretendiendo que no estaba nada interesada.

42

"Nada."

"¿Nada?"

"Le dije a mamá y a papá que te llevaría trick or treating, pero que no me voy a disfrazar este Halloween." Harry agarró un lápiz color marrón del montón de su escritorio. "Estoy dejando esas cosas de niños."

"¡Eso no es divertido!" Honey pisó fuertemente la alfombra.

"Es lo que pasa cuando estás en el grado ocho," dijo Harry respirando profundamente, expandiendo el pecho bajo su camiseta que decía "No hagas maldad". "Vas a ver cuando tú crezcas."

Con un resoplo, Honey cerró duro la puerta como un ventarrón dorado.

"¿Por qué tengo yo que crecer? ¡No seré Cleopatra si crezco!" Honey dijo al salir del cuarto. Cerró la puerta detrás de ella con un estallido que hizo temblar al escritorio de Harry.

43

"Por fin paz," dijo Harry con un gruñido, tratando de volver a su proyecto. Pero no tenía paz. Estaba tratando de terminar su proyecto pero también estaba tratando de entender el significado de lo que sucedió con las velas en la Iglesia Old North.

Algo estaba sucediendo en Sleepy Hollow. Que él sabía con certeza. Pero no podía identificar qué mismo era.

Escondido a
Plena Vista

Las visiones nocturnas de Harry le hacían
dar vueltas y vueltas en la noche. Aun
cuando dormía, Harry no podía olvidarse
del incidente de las velas en la Old North.

En un sueño profundo, Harry soñaba que

los ciudadanos de Sleepy Hollow esperaban impacientemente que comience su tradición anual, la celebración más grande del año, cuando prendían la fogata en la plaza del pueblo.

Al principio, todos se estaban divirtiendo, comiendo donuts con sabor a calabaza, tomando sidra de manzana y riendo juntos. Pero cuando el sueño se convirtió en pesadilla, Harry se frunció del dolor. Él tenía miedo. Su mente daba vueltas en su estado adormecido mientras estaba en el césped de la plaza del pueblo, "¡Algo estaba muy mal!"

Desde el mirador de la plaza vio que dos estudiantes de último año caminaron en la acera y se acercaron al centro del lugar de la plaza. Los estudiantes vestidos con túnicas blancas tenían coronas de velas en sus cabezas. Estas coronas representaban la luz de invierno y la llegada de la Navidad. El lugar en donde generalmente estaba la estatua del Headless Horseman había una torre hecha de ramas y hojas de otoño.

En su pesadilla, Harry miró cómo el pueblo se quedaba callado mientras estos dos adolescentes vestidos para las festividades llevaban un plato hondo de fuego hacia donde está el montón de hojas. Las llamas estaban salpicando del plato profundo. Cuando los estudiantes de último año, vestidos con túnicas, llegaron al filo de estas hojas, el primer estudiante dijo:

"Con este fuego, aceptamos la calma del invierno y la luz del nuevo día."

Entonces, los dos estudiantes de colegio dieron la vuelta al plato de plata. El fuego cayó en ese montón seco, prendiéndose en llamas. Los ciudadanos del pueblo aplaudieron mientras el fuego subía por la torre. Pronto un infierno masivo iluminó el corazón de la plaza de Sleepy Hollow.

"¿No es éste el mejor disfraz que hayas visto, Harry Moon?" preguntó Honey, corriendo hacia Harry, en su pesadilla. Harry tenía la misma expresión en su cara que cuando vio que las velas de Old North se habían apagado. "¡Mira cómo mi peluca refleja la luz de esa fogata!" Dijo Honey, dando vueltas en su vestido de Cleopatra. El fuego rugía como una bestia mítica, tan miedosa como las que hay en las páginas de un cuento de hadas.

Harry miró a Honey mientras ella estaba frente a ese gran fuego. Su pesadilla la había transformado en un dragón. Debajo de su peluca negra, ella le sonreía con su mandíbula de dragón. Las llamas amarillas y anaranjadas saltaban por sus ojos.

48

Harry miraba a las personas de Sleepy Hollow. Todas estaban paradas como estatuas, fascinadas con las llamas del fuego. Era como si fueran los miembros de la película Jurassic World. En su pesadilla, todos tenían cabezas de reptiles.

"¡Miren!" gritó Harry en su sueño. "¡Es la maldición de la fogata! ¡Escondida a la vista de todos!"

Nadie le regresó a ver, ni siquiera su propia madre, ni su padre, quienes como el resto de

Sleepy Hollow, itambién se habían convertido en dragones!

"¡Nooo, Mamá! ¡Nooo, Papá!" gritó en su sueño. "¡Dénse vuelta!"

Todavía preocupada por Harry, Mary se sentó en su cama sin poder dormir. John dormía junto a ella. Afuera de la puerta cerrada del cuarto, Mary escuchó en el pasillo los gritos amortiguados de su hijo mayor.

49

Ella saltó de su cama, se puso su bata silenciosamente para no despertar a su esposo, mientras abría la puerta de su cuarto, y cruzó el pasillo.

"¡NO! ¡Nooo!" Harry gritaba dormido. "¡El fuego en el plato hondo! ¡Era luz prestada! ¿De dónde vino?" Él gemía mientras meneaba la cabeza en la almohada. "¡No confíen en la luz!" gritaba otra vez mientras Mary entraba a su cuarto. "¡Voltéense y no miren la fogata de Halloween!"

Mary puso su mano en la cabeza de su hijo. Estaba cubierta de un sudor frío.

"Harry, Harry," dijo Mary cariñosamente, sentada a lado suyo en el colchón. "Despiértate, chiquito" le dijo moviéndolo despacito.

Medio dormido, Harry abrió sus ojos. Mary sacó del bolsillo de su bata un pañuelo blanco hecho de algodón y limpió el sudor de su frente.

"Chiquito, ¿estás bien?" preguntó, mientras sus ojos comenzaron a enfocarse en su cara.

Harry no podía hablar al principio. Pero después dijo "Si, estoy bien, solo tuve una pesadilla."

Mary lo miró sabiamente. "Harry, nunca es solo una pesadilla."

Harry meneó su cabeza.

"¿Qué pasa?" preguntó ella.

"Nada, mamá, nada," dijo. "Vete a dormir."

Mary sabía que lo tenía que dejar.

Ella entendía que él no quería molestarla con sus problemas. Y aunque a ella no le gustaba, también sabía que tendría que ir él solo en este viaje. Sabía que le podía guiar, pero rápidamente él estaba convirtiéndose en el hombre que iba a ser.

Ella entendía esto gracias a la visita que un extraño había hecho en los Boston Commons el día que Harry había sido bautizado. Ella se quedó un rato fuera de la puerta de Harry. No había mucho que pudiera hacer más que estar ahí cuando él la necesitara, animarlo, ser su héroe cuando fuera posible. "Lo haré, Harry," murmuró. "Lo haré."

La mañana siguiente, Honey estaba emocionada, como siempre. En el desayuno, ella comió su plato de avena tan rápido como pudo, mientras el resto de la familia disfrutaba del suyo.

"Me imagino que todos ustedes han

escuchado las noticias de que Harry puso su disfraz de Harry Houdini en el ático, en una mesa con bolitas para la humedad." Honey dijo con desdén.

"Este será el primer año que Harry no usará un disfraz."

"Si, pero igual él va a ir contigo trick-or-treating", dijo John.

"Bien, pero yo no necesito a Harry", dijo Honey a su padre, como una emperadora desde su trono, en el comedor. "Tengo ayudantes. Tengo unos ayudantes que van a ser mis gladiadores. Es más, ellos están construyendo una carroza para mí la cual yo he decidido montar muy amablemente. ¿Por qué no lo iba a hacer?"

Honey se dio la vuelta hacia Harry y semi cerró sus ojos haciéndolos muy pequeños. "¿Sabes quiénes son, Harry? Son chicos fuertes y altos del sexto grado," dijo mirando intensamente a su hermano al otro lado de la mesa, quien estaba comiendo toda una cuchara de avena con nueces y pasas.

"Deja a tu hermano en paz," advirtió Mary suavemente.

"¿Por qué? Porque él es tan especial que nadie puede molestar su pequeño mundo mágico?".

Honey lanzó su tazón.

"Exacto, Honey. Que no le molestes, esta vez es para ti," contesto Mary poniendo su tazón en el lavabo.

53

"Gracias, mamá," dijo Harry.

John se levantó y puso su servilleta en la mesa. "¡Que tengan un lindo día, mis Caballeros de Nightingale! dijo. Ya que vivían en Nightingale Lane y de acuerdo a John, 'vivían en un castillo glorioso', por eso él les había nombrado caballeros. Harry pensó que era cursi pero le gustó ver cómo se emocionaba su papá al decirles caballeros. John besó a Mary y a todos sus hijos y salió rápido por la puerta trasera de la cocina hacia el garaje.

Al caminar junto a la mesa del

desayuno, Mary acarició con su mano suavemente la cabeza de Harry. Su cabello tan negro como la tinta negra cayó en su frente. Ya no estaba sudando. Era un día completamente nuevo. Estaba agradecida por eso.

Esa tarde, en el hospital Sleepy Hollow, Mary ayudó al doctor obstétrico Ricardo Mestres, a traer al mundo al bebé, August Toledo, a una larga lista de Toledos que habían vivido en Sleepy Hollow durante muchísimas generaciones.

El bebé August era nieto de Randy Toledo. Randy Toledo era el dueño y trabajaba en la peluquería Toledo. Harry y su papá se cortaban el pelo en ese lugar. Después de que pusieron al bebé Toledo en una suave manta azul y en los brazos de su mamá, Mary tuvo un descanso. Al tomar una taza de té en el cuarto de descanso, recordó su primer embarazo con Harry Moon.

NOTICIAS DEL BEBÉ HARRY

L a increíble aventura de Mary Moon con Harry Moon comenzó mucho antes de que Harry pudiese hablar o comer solito un helado de chocolate.

Había sido el día en el que conoció a un extraño muy peculiar.

Afuera de una vieja iglesia histórica en Boston, John Moon alzó al bebe Harry en su túnica de bautismo hacia el cielo azul.

"Un día, Harry, mi hijo," él dijo mientras el pequeño estaba muy arriba en el aire, "tú serás un explorador, que creará todo tipo de invenciones en Sillicon Valley. Yo sé que te va a encantar la tecnología, igual que tu padre."

Mary escuchó a su esposo afuera de la iglesia. "O quizás Harry será un doctor en el Hospital Mass General," dijo ella.

Ni bien él escuchó hablar a su madre, Harry soltó una risita tal como su propio hermano Harvest lo haría doce años después en su bautismo en Old North en Sleepy Hollow.

Mary estaba prácticamente flotando en el aire con su hijo y con su esposo junto a ella. Le fascinaba ser mamá y estaba convencida de que iba a ser una muy buena madre.

Esa tarde, Mary llevó a su bebé durmiente más allá del Boston Common. John Moon estaba visitando a sus amigos. Fue el padre de John quien les había dado el coche de bebé como regalo de bautismo. El coche era de color azul y dorado, los colores del alma mater de John.

"¡Saca a ese Moon al sol todos los días!" Le dijo William Moon a John hablando de Harry. "¡Déjale ver qué hermoso es este mundo! ¡Aléjale de esas malditas pantallas que los niños observan todos los días! ¡Aire fresco!"

Mary continuaba pasando el coche a otras familias. El coche estaba hecho de un material fuerte, de color azul oscuro. A Mary le fascinaba llevar a Harry a pasear. Al caminar por el parque, se distrajo con una linda fuente. Era una escultura de bronce de un niño sentado en un montón de piedras jugando con el agua. La escultura, que se llamaba La Fuente del Niño Pequeño, estaba ya rota debido al tiempo, lo que aumentaba su carisma acogedor. Mary siguió acercando el coche. Harry se reía mientras las llantas saltaban debido a las piedras que estaban alrededor de la fuente. Mary se reía con él.

Fue justo después de que ella fue a ver la escultura que sucedió algo raro y maravilloso. Ese fue el pequeño evento inocente que cambiaría la vida de Mary para siempre.

Un viejo con una capa morada y con pantuflas rojas caminó hacia la fuente. Tomó un poco de agua en sus manos y empezó a lavar sus manos con el agua burbujeante.

Mary Moon no podía dejar de mirar al hombre.

Pero, tal como había sido atraída para ir a la fuente, tuvo el mismo deseo para ver a este hombre peculiar.

Al principio, ella pensó que era un mendigo, pero pronto cambio de opinión. Su capa morada, aunque rara, no estaba vieja ni tenía mucho polvo en ella. Es más, estaba impecable. Y sus pantuflas rojas parecían ser nuevas.

El hombre la regresó a ver. "Creo que si el agua es lo suficientemente fresca para este bebe, Mary," le dijo al señalar hacia la escultura del niño, "es lo suficientemente fresca para mí."

Mary sintió cómo se aceleraba su corazón "¿Cómo sabes mi nombre?" preguntó.

El hombre encogió sus hombros. "Solamente sé cosas."

Él salpicó más agua en su cara. Mary estaba ahí parada como una estatua, viendo y esperando que algo sucediera. No pasó nada, y aun así, ella seguía parada ahí.

"¿Sucede algo?" Preguntó el viejo. Lanzando un poquito de agua con sus dedos hacia ella. Ella parpadeó, moviéndose mientras las gotas le llegaban a su cara y a sus hombros. Él se rió, sus ojos de color violeta titilaban. "¿Sucede algo bueno entonces?" preguntó el hombre.

Mary, nunca se quedaba sin palabras que decir, pero esta vez, no tenía ninguna.

"¿No estás acostumbrada a recibir visita de los ángeles, ah?" él le preguntó.

Mary suspiró. "¿Eso. . . es lo que tú eres?"

"Tal vez, dijo con un guiño. "No . . . necesariamente. Pero, puede ser."

"¿Un mago, entonces?" ella preguntó. "¿Así es como supiste mi nombre? Con la capa, creí que tal vez...."

"Bueno, todos somos magos, Mary Moon. Todos tenemos magia profunda dentro de nosotros. Solo que la mayoría de nosotros no lo sabe."

"¿Qué quieres de mí?" preguntó ella.

"No quiero nada de ti", dijo él, un poco distraído por esta pregunta.

"Debes querer algo," dijo ella.

"Al contrario. Tengo algo para ti, Mary."

Mary tragó. "¿En serio? Pero... ¿qué?

"Déjame decírtelo despacio. Harry no va a trabajar en Google en el Silicon Valley."

"¿Cómo sabes el nombre de mi hijo?"

"Ni tampoco va a ser doctor en el Mass General, lo que es más, no va a ser doctor ni en Kalamazoo ni en Tombuctú" dijo el desconocido.

Mary estaba un poco nerviosa. Pero, no quería salir corriendo tampoco. "¿Quién eres?"

Entonces dudó por un momento. "Eso significa que él no será ninguna de esas dos cosas si tú eres una buena madre."

"Claro que seré una buena madre," dijo, sin quitar de vista al desconocido con las pantuflas rojas y una cara salpicada con agua.

"Bien", dijo, aprobando con la cabeza. "Entonces, como su madre, tienes que guiar a Harry a que se convierta quien él está

61

destinado a ser, no quien John y tú quieren que sea."

Él puso sus manos dentro del coche. "Me lavé las manos, no te preocupes," dijo.

"¡Eh! ¡espera! ¡Para! ¡Ponlo de vuelta!" ella gritó.

Él se dio vuelta y la miró. Sus ojos mostraban la gracia de un poder que ella sabía que no le iba a hacer daño. No había oscuridad en sus ojos. Nada más que dulzura.

62

"No tengas miedo, querida," dijo el desconocido con su bata al sacar a Harry del coche.

"¿Quién eres?"

"El Destino va como el destino debe ir," dijo él.

"¿Es eso del Libro Sagrado?"

"Beowulf," respondió él.

El viejo sostuvo a Harry Moon frente a él y reía maravillado con él bebe. Harry sonrió cuando vio la cara del hombre y sus ojos violetas titilantes.

63

"Oh, eres un bebe gordito, ¿no?" dijo el viejo. Después el desconocido le dio su atención a Mary. "Para que seas una buena madre, Mary Moon, debes dejar de creer que tú vas a escribir el libro de la historia de tu hijo. Debes entender que lo único que debes hacer, como la buena madre que estás destinada a ser, es ayudar a dar vuelta las páginas de su historia con mucho amor y sabiduría."

Mary no podía hacer más que darse cuenta lo calmado que estaba Harry en los brazos del desconocido. Él solo hacia sonidos de bebé fascinado. "Solamente quiero hacer lo que sea bueno para él."

"Todos los niños son especiales, Mary. Harry será muy distinto a tu segunda hija, Honey, o a tu tercer hijo, Harvest. Y todos, van a ser seres humanos especiales, te lo aseguro. Pero Harry es diferente."

"¿Voy a tener tres hijos?" preguntó Mary, viendo al hombre que sostenía su bebé.

El hombre sonrió. "Harry es único, porque nació con el don especial de la visión, sus ojos podrán ver cosas que no son visibles. Él tiene talentos de mover las cosas con su voz."

El viejo paró y miró a Mary a los ojos para ver si estaba entendiendo. "Es increíble,

¿verdad?"

"Él necesitará tener un corazón sensible y una voluntad llena de bondad. El tendrá que aprender eso de ti y de la forma en la que ayudes a cambiar las páginas del libro de su historia. Así es como el conocerá el bien cuando sea mayor."

El hombre volvió a poner a Harry en el coche y puso su cobijita caliente azul alrededor suyo. "Mandaré a alguien para que le ayude con sus dones, para que Harry se convierta en la persona en la que él debe convertirse."

65

"¿Tú vas a mandar a alguien?"

"Sí," le respondió el hombre vestido extravagantemente.

"¿Cómo sabré quién es la persona que vas a mandar?" preguntó Mary.

"Oh, lo sabrás. Va a ser obvio," respondió con una risa suave. "Sus orejas son largas. La izquierda cuelga un poco."

"¿En qué se convertirá Harry, entonces?" Mary preguntó.

"En lo que todos los niños y niñas están destinados a ser, si solamente creen."

Mary miró de forma inquisitiva al desconocido de ojos violetas.

"Ellos se convierten en magia," dijo con una sonrisa.

66

Mary lo miró y de alguna manera supo. "¿Pero el tendrá más magia que los demás?"

"Solamente da vuelta las páginas, Mary Moon," dijo el hombre, que ya no era un desconocido. "Un día a la vez. Debes estar lista para cada mañana, para cada nueva página. Así es el destino. El príncipe del Aire puede gobernar el mundo, pero la última vez que yo chequeé, el Gran Mago es aún dueño del lugar. Paz, mi querida Mary, nos encontraremos de nuevo."

Mientras Mary pensaba en la sabiduría que

tenía este hombre, él dijo suavemente, "adiós". Sus ojos violetas titilantes parecían volar en el aire de este domingo en la tarde. Y de repente, se había ido.

Mary parpadeó al recordar esa reunión que tuvo con el desconocido.

En el manejo a casa, en su carro eléctrico de color azul, ella no se podía olvidar de Harry. Estaba lloviendo, y con su parabrisas lleno de agua y las calles de su pequeño pueblo vacías, se sintió con frío y desesperada.

Desde la calle Main, Mary viró hacia el camino Mount Sinaí. Sintiendo el viento de otoño, ella parqueó el auto y corrió por la acera hacia la Iglesia Old North. Había una fuerte tormenta. Corrió lo más rápido que le permitían sus pies, metiéndose en los charcos de lluvia, abrió las puertas de roble y pasó el umbral de la iglesia.

Old North estaba vacía. Estaba oscuro con excepción de las velas del altar. Ella se preguntaba si las velas estaban puestas en linternas de vidrio debido al incidente que hubo el otro día. "Nunca es solamente el viento", le había dicho su hijo.

Mary gritó en la iglesia. "¡Sólo dime, Rabbit! ¿Va a estar bien Harry?!" Mary estaba fuera de sí. Siempre estaba tan compuesta. Vivía una vida que era pacífica y ordenada, tal como decían las palabras escritas arriba del comedor. Se tiró, arrodillándose, a la banca de la iglesia.

Se limpió una lágrima que bajó por su mejilla.

"¡No puedo evitarlo! Simplemente me preocupo. No sé por lo que él está pasando. No hay un libro de jugadas para magos que yo pueda leer! No puedo comparar con nada. No puedo saber. Y él no me cuenta sobre sus pesadillas porque está tratando de ser un hombre. Pero solo tiene trece años. Rabbit! Todavía es mi pequeño, verdad? Solamente dime Rabbit, va a estar bien Harry?!"

Le calmó gritar en la iglesia vacía. Se tranquilizó. Su respiración se calmó. Movió sus rodillas y se sentó calmadamente en la banca

del frente, frente al altar.

En el sonido que va más allá del silencio, Mary Moon escuchó una voz chiquita que decía. "Él va a estar bien." Ni bien escuchó ese susurro, se puso de pie.

"Rabbit, ¿eres tú? ¿Estás aquí, Rabbit?" preguntó a la oscuridad. No hubo respuesta. Se sentó en la banca de la iglesia, hablando silenciosamente consigo misma. Miró hacia las velas prendidas alrededor del altar.

69

"¿Qué es lo que él tiene, que los otros no tienen? Me mira de una manera tan rara, Rabbit," dijo suavemente. "Muchas veces, me parece que no conozco bien a mi propio hijo."

"Es difícil entender el camino de un héroe," dijo de vuelta alguien murmurando.

Ella pensó por un momento que era la voz de Rabbit. De vez en cuando, ella escuchaba la voz cuando Harry le hablaba a su amigo invisible. O por lo menos, invisible a ella y a los demás.

"Hay cosas por las que Harry tiene que pasar," dijo la voz que susurraba.

"¿Qué cosas?" Preguntó ella.

GENIO LOCO

Mary, Honey y Harry Moon fueron a ver la obra de George Bernard Shaw, Santa Juana de Arco, en el Colegio de Sleepy Hollow. La chica que solía cuidar a Harry, la cual era su amor platónico, Sarah Sinclair, de diecisiete años y estudiante de tercer año, era la protagonista, Santa Juana de Arco.

En su asiento en el auditorio, Harry estaba viendo muy atentamente la obra. Él pensaba que Sarah era la mujer más hermosa del mundo. Como cualquier adolescente, Sarah cometió bastantes errores, especialmente con la forma de lidiar con los sentimientos de Harry hacia ella. Pero para Harry, Sarah Sinclair jamás podía hacer nada mal.

"¡Qué bien actúa!, ¿no crees?" susurró.

Honey viró los ojos. "Simplemente fabulosa."

"Le pregunté a mamá," dijo Harry.

"Fabulosa," dijo Mary.

En el escenario, la bonita Sarah Sinclair, usando una sencilla túnica blanca, y con una peluca pelada, se arrodilló ante el juez, un magistrado Francés.

"¡Amo a la iglesia, pero no a los Ingleses!"

Sarah dijo como Juana de Arco. "¡Ellos no ceden a las oraciones! Y no entienden nada más que golpes y lastimaduras."

El juez se acercó a la penitente Sarah. Acercó su cara a la de ella, mirándola con sus ojos malvados. "Pero, ¿quién te dice que hagas estas cosas, Juana?"

"Escucho voces que me dicen qué hacer," dijo suavemente. "Las voces vienen de Dios."

"¿Dios?" dijo él con desdén. "¡Son voces de tu imaginación!"

"Claro. ¡Así es como los mensajes de Dios llegan a nosotros!"

Harry escuchó cuidadosamente y asintió con la cabeza, porque ciertamente él escuchaba a Rabbit todo el tiempo, aconsejándole, educándole, corrigiéndole, animándole. Pero sabía que su mamá no comprendía de dónde viene la voz.

"¿Te sientes mejor?" preguntó Harry,

acercándose a su mamá. "¿Te suena eso conocido?"

Honey estaba sentada al otro lado de Mary pero no tenía problema en responder por ella. "¿Por qué tengo que sentirme mejor? No estoy enferma."

"Sí me siento mejor, Harry," dijo Mary apretando la mano de su hijo. "Pero recordemos que debemos poner a prueba esas voces. Debemos asegurarnos de que cuando lleguen esas voces, sean de la luz y no de las tinieblas."

"Sí, a veces me olvido de ponerlas a prueba, mamá," dijo Harry en voz baja.

"Solo acuérdate preguntar, '¿Sirves al Gran Mago?' si la respuesta es 'Sí', entonces puedes confiar en las voces. Si no lo hacen, no las escuches. Si tienes un Club de Las Buenas Travesuras, Harry, ¡pueden estar seguros de estar peleando en el lado correcto!" dijo en voz baja y con una sonrisa.

Se bajó el telón. Terry Toledo, profesora de

drama del colegio y tía del nuevo August Toledo Jr. salió al escenario. Brillaba como el sol de la mañana gracias a sus actores. Con exuberancia, la Sra. Toledo habló al auditorio que estaba lleno.

"Juana de Arco creía que sus ideas venían de una fuente celestial. ¿Estaba loca? ¿Era ella un genio? George Bernard Shaw, el autor de esta obra, dice solo esto: "Juana de Arco fue quemada por aquellos que le temían. Después de dos siglos, la canonizaron como Santa Juana de Arco por quienes la amaban'. ¿Quién era ella? Él quería que tú decidas por ti mismo."

75

Después de que la Sra. Toledo había terminado, el telón se abrió. Uno por uno, y con un gran aplauso salió el reparto al frente del escenario.

Finalmente, y con una completa armadura de acero, apareció Sarah Sinclair para su presentación. El corazón de Harry saltó de su pecho. Ella se veía impresionante con su brillante armadura de plata.

"Wow, esa sí que es una caballera de Nightingale," dijo Harry.

"Excepto que no vive en Nightingale Lane," dijo Honey.

"Algún día lo hará," dijo Harry.

"QUÉ ASCO," dijo Honey mientras sus cejas fruncían.

Mientras continuaba el aplauso, la audiencia les dio una ovación. Claro, el clan Moon fue el primero en ponerse de pie.

"¡¡Fabuloso!!" gritaba Honey.

Por primera vez, Harry Moon, de mala gana, estaba de acuerdo con su hermana.

"Yo apoyo eso, 'fabuloso'," dijo Harry.

"Hashtag Fabuloso," dijo Honey al tomar una foto de Sarah con su teléfono.

Escribió un mensaje de texto. "Pronto el mundo sabrá lo fabulosa que es mi niñera." Miró a Harry. "Y por supuesto," dijo, "tu futura esposa. ¡NI LO SUEÑES!"

Como todavía estaba el clima cálido para ser una noche de otoño, Harry, su mamá y su hermana caminaron desde el colegio hasta su casa. Su casa en Nightingale Lane estaba

11

solamente a unas cuadras. Ya que el padre de John Moon había comprado el coche para que pudieran salir en caminatas en el "aire fresco", Mary siempre se aseguraba de caminar con su familia en el pequeño pueblo la mayor cantidad de veces posible.

"Mamá, no crees que estoy loco, ¿verdad?" preguntó Harry.

"Sí, lo creo Harry, realmente que sí," contestó Honey. "Y ya que creemos que las voces que escuchas NO son reales Harry, ¡todos estamos ansiosos de ver cómo te queman en la hoguera!"

"¡Estaba hablando con mamá, estúpida!" Dijo Harry, gritándole a Honey.

"Tiene razón, Honey, tienes que calmarte," dijo Mary llevando la mano de su hija sacudiéndola despacito. "Y, por favor, no le digas estúpida a tu hermana."

Harry caminó silenciosamente detrás de ellas.

"Sabes algo, Harry," dijo Mary, "siempre estás hablando de chequear tus instintos. Creo que si los escuchamos con cuidado, podemos escuchar a Dios. Entonces, no, no creo que estás loco. Y sí, creo que tú eres muy especial."

"¡Mamá, no le des cuerda!" dijo Honey, pisoteando al caminar.

79

"Eso es lo que hacemos las madres, Honey. Animamos a nuestros hijos cuando sabemos que ellos están en lo correcto."

"¿Lo CORRECTO?" dijo Honey, poniéndose como loca. "¡Oh mamá, eso esta tan MAL!"

La Tormenta de Tinta

D espués de la escuela, al siguiente día, Harry caminó por la plaza del pueblo hacia las oficinas del periódico local, *Despierto En Sleepy Hollow*. Aunque había llovido la noche anterior por un tiempito, Harry vio que todavía faltaba que caigan muchas hojas de los robles y olmos gigantes que habían en el centro del pueblo. Estaban haciendo muchas preparaciones en la plaza para el día de Halloween. Claro, éste era Spooky Town, donde todos los días es noche de Halloween.

Se estaba construyendo una torre de pino alrededor de la Estatua del Headless Horseman, la atracción principal del pueblo. Traían camionetas llenas de ramas y de hojas de los barrios de la comunidad para la fogata tradicional.

Los restaurantes estaban armando sus tiendas y sus casetas. Se ponían puestos de madera para la sidra de manzana, el famoso donut dunk, y la sopa caliente de arvejas, cortesía del Haunted Wood Brasserie. El tono de la energía festiva era alto. Hasta Harry recibió una pasta de canela gratis que le dio Adele Cracken que trabajaba en Saywells.

Harry caminó hacia la puerta de las pequeñas oficinas editoriales del periódico. Ahí encontró a la Sra. Mildred Middlemarch, de cabello blanco, que era la editora en jefe del periódico local. Harry

pidió que se le permitiera ver los archivos, porque quería leer acerca del día "cuando todo cambió."

"¿Qué quieres decir, Harry?" preguntó la amigable y pequeña Sra. Middlemarch.

"El día que la fortuna cambió para Sleepy Hollow, el día en que nos convertimos en Spooky Town, cuando todos los días se convirtieron en noche de Halloween."

"¿Cuando la Estatua del Headless Horseman apareció por primera vez en el césped?" preguntó ella.

"Exactamente, Sra. Middlemarch."

"Ven conmigo," dijo.

Harry le siguió por un corredor largo, de madera, del viejo edificio construido ya hace casi doscientos años. Abrió la puerta, ya vieja, con más de dos siglos de uso.

La señora Middlemarch respiró

83

profundamente. "¿Puedes imaginarte qué increíble sería tener toda esta historia disponible con solo hacer un clic al ratón?" Hizo una pausa. "Pero convencer a la junta es . . . bue, mejor dejémoslo ahí."

"¿Quiere decir que Manejamos por la noche, la compañía dueña del periódico, no ha aprobado el presupuesto?" preguntó Harry.

"Correcto, Harry," dijo con una entonación irónica en su voz.

Al llegar al depósito oscuro del sótano del edificio, la Sra. Middlemarch otra vez se disculpó por el pobre entorno.

Harry Moon frunció al ver el cuarto. Era patético. Bajo un foco único que colgaba de una viga, había una mesa solitaria en la mitad de la habitación. Los gabinetes grises, oscuros rodeaban el perímetro de la mesa. Parecía que los gabinetes no habían sido limpiados por años por tanto polvo que tenían.

"Lo siento, Harry," dijo la Sra. Middlemarch

al abrir el gabinete que tenía escrito el año que le interesaba a Harry. "La tinta que se utilizaba para los primeros periódicos era barata y la mayoría de los artículos se habían desvanecido. Algunas historias habían desaparecido por completo de las páginas."

"Era de saber que el alcalde, dueño de este periódico, compre tinta barata para registrar su historia," dijo Harry.

"Algunos piensan que fue a propósito," susurró la Sra. Middlemarch.

Estaba en aprietos. Trabajaba para el alcalde Maximus Kligore, pero no confiaba para nada en él.

"Claro que sí," dijo Harry. "De esa forma, el alcalde controla la historia de Sleepy Hollow. Si no hay historia, es fácil contar a los ciudadanos versiones falsas de lo que sucedió en el pasado. Lo que quiero ver Sra. Middlemarch, es la historia de la primera fogata de Halloween."

"Eso yo sí sé," dijo la Sra. Middlemarch. "No necesito que un periódico casi borrado me lo diga." Tomó asiento en la mesa.

"La tradición comenzó más o menos cuando mi esposo y yo vinimos a vivir acá," dijo. "Eso fue hace quince años. Fue la noche que los hombre escogidos revelaron la llegada de la Estatua del Headless Horseman a la plaza. Por muchos años, la fogata anual de Halloween se la hacía en el parque de Melville. Pero ese año, el alcalde cambió la fogata a la plaza para que coincida con la inauguración de la estatua." La Sra. Middlemarch limpió el polvo de la mesa.

"Todos pensamos que era raro que cambiaran el lugar de la fogata," continuó. "Aun yo, que recién había llegado para administrar el periódico, pensé que era raro. Claro, el cuerpo de bomberos estaba preocupado especialmente por el peligro de que los altos Olmos y Robles se prendan durante la fogata. Pero los hombres selectos pensaron que las personas del pueblo querían un gran show para cuando se inaugurara la estatua y, por lo tanto, querían correr ese riesgo."

La Sra. Middlemarch puso el periódico casi ilegible en la mesa mientras Harry se sentaba.

"Todas las hojas y los desechos de otoño se llevaban al centro del pueblo. Esta pila era tan alta que escondía a la estatua. Una vez que se prendió la fogata, el fuego iluminó toda la plaza. Y mientras el fuego se apagaba, las llamas se partieron como un telón en el escenario. Y por las llamas, todos podíamos ver, un gran caballo y su caballero sin cabeza."

87

"¿No te pareció que eso era extraño, Sra. Middlemarch? ¡Es como un headless horseman del infierno!" Harry preguntó en el sótano oscuro.

"Harry, ¿no crees que el Alcalde quería que eso fuese un poco miedoso? Era Halloween, después de todo," dijo la Sra. Middlemarch.

La Sra. Middlemarch se paró de la mesa y se despidió, dejando que Harry vea los archivos. El cuarto estaba oscuro y era miedoso, pero

Harry se sentó en la mesa y comenzó a ver los periódicos viejos que la Sra. Middlemarch le había traído. Al verlos, encontró que las letras de los periódicos casi se habían desvanecido. Harry se preguntó si realmente era tinta barata o ¿era un truco del alcalde para esconder la verdad?

Después de ver algunos de los periódicos casi ilegibles, Harry sacó su varita de su bolsillo. La subió en el aire. Al mover su mano derecha con la varita, dijo suavemente la palabra que tenía tanto poder.

"A B R A C A D A B R A."

El foco que estaba encima de la mesa, titiló con su voz y se convirtió en muchos focos. Ahora, él podía ver qué tan dañados estaban los artículos de hace quince años.

"¿Sabes lo que pienso, Rabbit?" dijo Harry al ver una de las páginas del periódico, de la edición de Halloween.

"¿Qué es lo que crees, Harry amigo mío?" dijo Rabbit.

Cuando sea que Harry buscaba a Rabbit, él casi siempre estaba ahí. Rabbit estaba ahora sentado en la silla de la Sra. Middlemarch. Rabbit sopló en la mesa, limpiando una sección para poder poner su codo de color blanco y negro. Descansó su cabeza blanco y negro sobre su pata.

"No creo que sea tinta barata para nada," dijo Harry. "No hay una variante suficiente en esto." Alzó la página principal de una de las publicaciones. "Una página que se volvió vieja tendría marcas erráticas y sería amarillenta. Pero todas esta páginas son exactamente igual de viejas."

"Entonces, ¿qué es, genio?" preguntó Rabbit.

"Magia Negra," respondió Harry.

Una vez más, Harry subió su varita hacia el techo mientras Rabbit veía. Era el mismo tipo de madera que se usó en la vara de Aarón en la antigua historia, que soltaba nueces en cada temporada, cambiaba el agua en sangre y hacía que el mar se dividiera para que los hebreos pudiesen pasar por él.

89

"¡Tinta ven!" Harry ordenó. "Tinta júntate a lo que sea querido. La verdad sobrevive en la historia de nuestras vidas.

A B R A C A D A B R A."

Desde las vigas del techo, hubo un sonido como de un trueno.

Después, un destello de todos los focos, como de un rayo. Cayó tinta desde el techo.

Rabbit y Harry vieron cómo el líquido de la tinta cayó por todos los gabinetes y los cajones y las repisas, regándose sobre la mesa de archivos. Harry alzó el periódico que ahora podía leer claramente:

Sleepy Hollow Inaugura un Nuevo Acto

Revelación del Headless Horseman
Por la cortina de Llamas de la fogata

Por Mildred Middlemarch

90

Harry leyó febrilmente el artículo mientras Rabbit estaba sentado a su lado.

"Sra. Middlemarch es una buena escritora," dijo Rabbit.

"Claro que sí," dijo Harry, buscando en el periódico alguna clave que le pudiera explicar algo. Leyó más allá de la primera página y se fue hasta la página ocho. Esta página ahora se podía leer gracias a la tormenta de tinta, que cuando terminó, dejó el cuarto completamente limpio y el periódico lleno de una tinta legible.

91

"Mira Rabbit, la Sra. Middlemarch buscó a fondo. Aquí esta lo que dijo alguien en la fogata."

"Qué es lo que dice?" preguntó Rabbit, semi cerrando sus ojos viendo la página ocho. "Mi magia tiene límites. Puedo ver a través de las paredes y el tiempo, pero me rindo cuando son letras muy pequeñas."

"Bueno, escucha con cuidado,"dijo Harry."

Esto es lo que dijo el hombre que había pedido prestado el tazón de plata para prender la fogata. ¿Bueno?"

Rabbit alzó su oreja, sosteniendo una en cada pata. Harry tuvo que reírse cuando vio sus dos orejas extendidas hacia arriba.

"Como puedes ver," dijo Rabbit, "soy todo orejas...literalmente."

"'por este fuego, acogemos este silencio de invierno con la luz de un nuevo día,'" leyó Harry.

"No entiendo," dijo Rabbit. "entonces, ¿están escoltando a la Navidad?"

"Claro que entiendes, ¿a qué luz se refieren?"

"¿la luz del niño de Navidad?"

"¡Para nada! Eso es lo que quieren que creas."

"¿En serio? Por qué no simplemente dicen lo que quieren decir? Preguntó Rabbit, todavía con sus orejas hacia el techo.

"Porque es un cambio de manos. ¿Qué es lo que realmente están haciendo aquí? El mal está escondido a plena vista. Ésta no es la luz de navidad que nos hace pasar el invierno. ¡Es el fuego del infierno que nos trata de cautivar! Creo que esos pobres ignorantes estudiantes de último año que usan esos disfraces de adviento en la fogata de

Halloween son idiotas y son simples herramientas."

"¿Los Seniors son herramientas?" dijo Rabbit incrédulamente.

"Ya para, Rabbit. Escucha, no están pidiendo que venga la luz de Navidad. ¡Están pidiendo que la oscuridad visite a Sleepy Hollow!"

"¡Recórcholis!" dijo Rabbit, tan emocionado que se cayeron sus orejas y meneó su cabeza del asombro.

Claro, ¿realmente Rabbit no sabía lo que estaba pasando? Probablemente. Pero un amigo como Rabbit es un amigo que dá ánimo, que ayuda a encontrar la verdad, no necesariamente da la respuesta. Porque todos los humanos deben encontrar su propio camino en sus vidas.

"Entonces, ¿qué piensas, Harry?" preguntó Rabbit. "¿Es este un tipo de maldición?"

"Rabbit, ¡éste no es realmente ningún tipo

de bendición!"

De detrás de los gabinetes, Harry y Rabbit escucharon: "Dom Di Dom Dom."

"¿Quién está ahí?" Harry habló a la oscuridad. Agarró su varita por si necesitaba defenderse a sí mismo y a Rabbit.

"Dom Di Dom Dom Dom"

Ahora era el turno de Harry de entrecerrar sus ojos, porque no podía ver nada en la oscuridad. Él vio un movimiento en ella, y después apareció frente a él la silueta de un hombre en las sombras.

"Parece que encontraste algunas cosas interesantes, ¿ah?" dijo la voz. "Dom Di Dom Dom Dom." cabinets, Harry and Rabbit heard: "Dum De Dum Dum."

96

DE LAS SOMBRAS

"Tal vez, algo interesante," dijo Harry, con recelo, entrecerrando sus ojos para ver en la oscuridad. "¿Quién eres?" Harry lanzó su voz a la oscuridad.

"Soy Abraham," respondió la figura.

"Qué nombre tan interesante," dijo Harry.

"Soy el cuidador de la noche. Trabajo para la Sra. Middlemarch."

"Oh, ¿en serio?" preguntó Harry.

"En serio," dijo el cuidador.

"Aquí está lleno de polvo y muy sucio como para que alguien venga todas las noches," dijo Harry.

"Te dije, soy el cuidador de la noche. No la señora de la limpieza. Yo no limpio los polvos. Dom Di Dom Dom Dom."

"¿En dónde he escuchado esa canción?"

"Tal vez en tus pesadillas. Me gusta ver esas también."

"Oh, ¿en serio?"

"En serio."

Harry miró intensamente a la criatura que estaba frente a él. Sus piernas parecían fuertes aunque delgadas. Tenía una espalda grande pero encorvada. Su cuello era pequeño y grueso, y su cabeza era grande pero con orejas puntiagudas como las de un animal.

"¿Te puedo hacer una pregunta al azar?"

"Pregúntamela, hijo," respondió la figura.

"¿Crees en el Gran Mago?" preguntó Harry.

La figura se rió. "¡Esa sí que es una pregunta al azar!"

"¡Respóndela, espíritu!" dijo Harry.

"¿Espíritu? ¡Yo soy el cuidador!"

"¿Quien también mira mis pesadillas? ¡No eres el cuidador! ¡Eres una bestia MALVADA enviada de las entrañas de lo sobrenatural! Estás disfrazado de un cuidador que se llama Abraham," dijo Harry. "Pero realmente eres un buldog del infierno. ¡Muéstrate, Oink, porque no reconoces la magia profunda!"

Harry apuntó con su vara a las sombras oscuras detrás de la figura.

La figura se rió.

"Deben ser los gases de tu tinta mágica que has estado inhalando. Dijo la figura. "Porque eres un chico loco, Harry Moon. Y hablando sobre el infierno, ino existe el infierno!"

"Oh, ¿en serio?" dijo Harry.

"En serio," respondió el cuidador. Su espalda corcovada se acercaba en la oscuridad.

"¡Creo que estás equivocado, demonio!" dijo Harry mientras la varita brillaba con su luz, ahora sí alumbrando a la esquina del cuarto de archivos.

Ahí, frente a Harry y Rabbit estaba la criatura más fea que alguien pudiese imaginar, parado en sus patas traseras y vestido con un uniforme azul de guardia de seguridad. Era

Oink, el temido sabueso de Folly Farm, uno de los muchos personajes oscuros en la vida de Harry Moon.

"Dicen que tiene el don de la visión, pero no tienes visión," dijo a Harry el increíblemente horrible sabueso. "Solo soy un guardia de seguridad asegurándome de que nadie se robe la receta secreta." El demonio con su pata izquierda se ajustó la placa dorada que Harry podía ver claramente.

Decía: Manejamos por la Noche.

"Cómo sigues hablando acerca del infierno, Harry Moon," dijo el sabueso. "Tú y yo sabemos que no hay infierno."

"Oh, ¡sí hay infierno, Oink!" Dijo Harry poniéndose de pie, mostrando que Rabbit estaba sentado detrás de él. "Pero qué triste y pobre es si tú eres el sabueso que lo tiene que cuidar."

El sabueso feo, mostro sus colmillos y gruñó cuando vio a Rabbit.

"Déjame en paz, solo soy un simple conejo, eso es todo lo que soy," dijo Rabbit, volteándose del horrible sabueso inmenso.

Harry soltó los artículos que estaba leyendo de la caja de re-archivar.

"Te hice mover, ¿no es verdad niño genio?" Oink soltó un gruñido. Se dejó caer en sus cuatro patas. El sabueso mostró sus colmillos aún más. Sus encías estaban mojadas con sangre. Miraba amenazante a Harry y a Rabbit.

"En tus sueños," Harry respondió al salir del lugar. Con un simple movimiento de su mano, Harry volvió a hacer que el cuarto estuviera oscuro.

¡BaaaaaRNGGG! El cuarto vibró con el sonido de Oink golpeando su inmensa cabeza con los gabinetes junto a las gradas.

Cuando Mildred Middlemarch alzó a ver desde su escritorio, todo lo que podía ver es cómo Harry subía las gradas. No podía ver a Rabbit. "¿Encontraste lo que estabas buscando, Harry?"

preguntó.

"Sí, lo hice. Gracias por tu ayuda. Por si acaso, puse los artículos en la caja para re-archivar y logré poner nuevamente tinta en las páginas."

"¿Qué? ¿Cómo lograste hacer eso?"

"Como siempre lo hago, Sra. Middlemarch. Dependí de la magia del Gran Mago."

"Eres una maravilla," dijo ella con una sonrisa.

"Yo no soy la maravilla, el Gran Mago lo es," Dijo Harry moviendo su varita como si estuviera liderando un desfile, mientras salía de las oficinas editoriales del periódico *Despierto en Sleepy Hollow*.

Al bajar las gradas de la oficina del periódico, Harry regresó a ver a Rabbit. "¿Qué fue lo que sucedió ahí abajo?"

"¿Qué es lo que que fue?" preguntó Rabbit

como jugando.

"Tú sabes," dijo Harry. Entonces habló con una voz débil y terrible girando sus manos en el aire. "Solamente soy un conejito pequeñito, ¡eso es lo que soy!"

"Solamente me gusta jugar con él, eso es todo."

"Un día, él va a jugar contigo de una vez por todas."

"¿Oh sí?" dijo Rabbit. "Ahora, él solo me puede oler. Espera a ver qué pasa cuando me saboree."

Harry sonrió moviendo su cabeza. No siempre entendía a Rabbit, pero sí le gustaba estar cerca de él.

El reloj de la inmensa torre de ladrillos de la plaza sonaba cada hora para que todo Sleepy Hollow pudiese escuchar. La torre era de dos pisos. Harry cruzó la plaza de Sleepy Hollow hacia la estación de bomberos. Prendió su teléfono.

"Mamá," le habló a su teléfono. Un momento después contestó su mamá.

"Hola, Harry," dijo mamá. "¿me tienes en altavoz?"

"Sí, solo quería que todo el mundo sepa que amo a mi mamá," dijo felizmente poniendo el teléfono hacia la oscura noche fría.

"Deja de halagarme. ¿Qué sucede?" preguntó ella.

"No sucede nada," dijo Harry. Quitó el alta voz del teléfono y lo puso contra su oído. "Solo quería decirte que estaré en casa a tiempo."

"Bueno," dijo su mamá. ¿En dónde estás?"

"Estaba investigando en el periódico, y ahora estoy yendo para hablar con el Jefe Mike de la estación de bomberos."

"¿Harry?"

"¿Eh?"

"Yo también te amo," dijo mamá. "¿Y sabes algo más?"

"¿Qué?"

"Es importante que todo el mundo sepa que te amo. Solo necesitaba que tú lo sepas."

106

"Yo sé," dijo, encogiendo sus hombros, desconectando el celular.

Aún al tratar de convertirse en un hombre, Harry estaba conmovido por su mamá. Ella siempre estaba ahí para él, tal y como Rabbit siempre estaba ahí para él.

En Nightingale Lane, Mary cerró el teléfono en su cocina y sonrió.

"Buen trabajo," dijo una voz.

"¿Buen trabajo?" respondió Mary.

La voz era muy familiar. Ella estaba segura de que era la voz del hombre viejo desconocido de la pequeña fuente del Boston Common.

"Buen trabajo dando vuelta a las páginas," dijo la voz.

"Bueno, o soy un genio," dijo ella, "o estoy loca."

"No estás loca, Mary Moon," respondió la voz.

Al caminar a la estación de bomberos, Harry pasó junto a la torre que se estaba construyendo al lado de la estatua. Él miro por las ramas y vio, en sus brazos, la cabeza cortada del caballero. Por un minuto, Harry pensó que había visto la cara de Oink guiñándole el ojo burlonamente.

Harry entró a la estación y vio el escritorio de la entrada del jefe interino quien hacía también de recepcionista. El vestíbulo, pintado de un color deprimente, necesitaba otra mano.

"¿Puedo ayudarte?" preguntó el interino con mala cara.

"Sí, solo quiero ver al Jefe Mike," respondió Harry. Sorprendentemente, el tono de Harry era agudo y tosco. Esto era muy distinto a cómo era Harry con todo el mundo, siempre cordial.

"Empecemos conmigo. ¿Cómo te puedo ayudar jovencito?" gruñó el Interino.

108

"Me puedes ayudar apartándote de mi camino, Oink," dijo Harry con una voz fuerte y alta.

Harry pasó junto al horrible sabueso vestido ahora con el uniforme de bombero demasiado grande. Luego fue hacia el corredor.

⌘

"¿Quién es ese Oink a quien Moon sigue refiriéndose?" Oink se preguntó al ver su reflejo en una ventana. Pensó que se veía muy bien en el uniforme. Harry Moon era el único ser humano en todo el universo que podía verlo a pesar de sus disfraces, le podía ver aun cuando se escondiera a plena vista.

"Tengo que trabajar en eso," dijo Oink, negando con la cabeza con un gruñido. "Cuando veo mi reflejo, no veo a ningún Oink. ¿Cómo es que Harry Moon ve a Oink?"

Harry caminó hacia la parte de atrás de la oficina del jefe Mike Orize. Mike estaba en su escritorio hablando por teléfono. Hizo una seña con su mano para que Harry entrara a su oficina. Como cualquier persona de un pueblo pequeño, Mike y Harry se conocían bien.

109

Mike le trató a Harry como si fuese un adulto y a Harry le gustaba mucho eso, porque ya tenía trece años y hasta donde sabia, él ya era un adulto.

Los dos hombres lograron llegar al fondo del tema relacionado con la fogata de Halloween.

"Es una fiesta privada, ¿verdad?" preguntó el jefe Mike a Harry. Lo que Harry no sabía era que los caminos que entraban a Sleepy Hollow estaban bloqueados para el turismo después de las seis de la noche del día de Halloween. Nadie podía entrar al pueblo por ningún camino sin tener una etiqueta de transferencia en su carro (la etiqueta de transferencia daba a los residentes de Sleepy Hollow acceso al basurero del pueblo para botar su basura).

110

"Supongo que es una fiesta privada. Es una de las únicas a las que estoy invitado," dijo Harry.

"Los únicos vehículos que tienen acceso son los camiones de bomberos de Cambridge y Boston," dijo el jefe. "Son nuestro apoyo en caso de que la fogata se salga de control. Aumentamos esos camiones cuando la fogata fue traída al pueblo."

"Entonces, ¿las únicas personas en el pueblo durante la noche de Halloween son ciudadanos de Sleepy Hollow?" preguntó Harry.

"Esa es la fiesta privada," dijo el jefe Mike, asintiendo con la cabeza.

"¿Por cuánto tiempo ha sucedido esto?" preguntó Harry.

"Desde la noche en la que todo cambió."

"Oye," dijo Harry, "Yo usé las mismas palabras."

"Bueno, esa es la verdad. Sucedió la noche en la que se inauguró la estatua del Headless Horseman."

111

Comiendo un hot dog en la cafetería del Middle School de Sleepy Hollow, Harry Moon explicó su teoría a sus amigos durante el almuerzo. Se sentó con Declan, Bailey, y Hao. Era el día jueves de Hot Dogs.

"¿Nos estás diciendo que la fogata realmente es solo un portal?" preguntó Hao.

"No una puerta, sino una pared encantada. Así es como Maximus y los Hombres Selectos mantienen control sobre nuestro pequeño pueblo. Cada año, ellos hacen que los ciudadanos ilusos confirmen su voto de dar su alianza a Spooky Town bajo el encanto de la fogata," respondió Harry.

"¡Cool!" respondió Declan.

"Aun los niños. Por esa razón, la hora para que los chicos regresen de hacer trick or treat termina a las ocho de la noche – entonces todos los niños pueden estar ahí para el juramento maldito de las ocho y quince," dijo Harry.

"Pero solamente es una teoría," dijo Bailey, con sus cejas fruncidas debido a la tensión. "No sabes con seguridad. ¿Verdad Harry?"

Harry apartó su asiento de su plato ya vacío. "No estoy completamente seguro", suspiro un poco desalentado.

"¿Cómo vas a asegurarte?" preguntó Declan,

mirando su reloj Apple. "La fogata comienza en siete horas y media."

"Buen Punto, Declan. Debo tener evidencias. No puedo volverme loco en frente de todo el pueblo hoy noche. Pero sé cómo puedo asegurarme," dijo Harry.

"¿Cómo?" preguntó Hao.

"Debo visitar la Tienda de Magia de Sleepy Hollow."

113

IMPENETRABLE

En la fila mágica del pueblo, Harry Moon pasó por todas las tiendas de Spooky Town hasta que llegó a la Tienda de Magia de Sleepy Hollow. Durante los últimos años, siempre, desde que tenía un gusto por la magia, Harry Moon había sido un cliente regular de la tienda del toldo brillante.

Al abrirse la puerta, fue recibido por una campana de metal que estaba colgada en el portal de la puerta. Era un tapete de bienvenida con un sonido dulce para Harry.

El excéntrico dueño de la tienda lo saludó. Usaba una corona plástica dorada, pantuflas de color rubí y una capa morada. Era el desconocido que había visitado a Mary Moon en el Boston Common hace trece años.

Era también verdad que Mary Moon nunca había entrado a la tienda.

"Hola, Sansón."

"Hola, Harry. ¿Cómo va todo amigo?" preguntó el viejo.

"Mejor ahora que te puedo ver, Sansón."

"Bueno, eso me ilumina el día," Sansón sonrió bajo su corona plástica.

La tienda era brillante y soleada. Parecía que había una infinidad de trucos y juegos en la tienda tan iluminada y ordenada. Era una tienda general para cualquier mago joven que quería tomar la magia en serio. Aunque había docenas de niños en la pequeña tienda, Sansón le dio a Harry su completa atención. Sansón era ese tipo de dueño donde todos los que pasaban por la puerta amarilla con la dulce campana en el umbral, eran especiales.

Harry pensó que esto era el cielo aquí en la tierra.

"Sansón, sé que estas ocupado, pero, ¿tienes cinco minutos para prestarme un poco de atención?"

"Puedes tener toda mi atención, Harry Moon," dijo Sansón con una sonrisa brillante y calurosa. Miró alrededor de la tienda llena y vio lo ocupado que estaba el mostrador y que todo estaba ocupado de buena forma.

"¿Por qué no vamos afuera para poder hablar?" dijo Sansón, poniendo su mano en el hombro de Harry. "Hazel y Brad pueden trabajar bien sin mí."

Salieron de la tienda al Magic Row. La tienda de magia más grande, con el toldo más grande, daba hacia la plaza. Las calles estaban llenas de actividad y compras de último minuto para la gran noche de Halloween.

"Entonces, ¿sabes por qué estoy aquí?" preguntó Harry, mirando al hombre viejo.

"¿Por qué preguntas ESO?" Sansón se rió ajustando la corona dorada en su pelo negro.

118

"¿Hace cuánto vengo acá, Sansón?" preguntó Harry.

"No sé, ¿cuánto tiempo piensas tú?"

"Parece que desde siempre."

"Sí, eso parece correcto," dijo Sansón rascándose su mentón, pensando.

"Y todo este tiempo, NUNCA has dicho que vengamos a afuera."

"Sí, realmente no creo haberlo hecho antes."

"No lo has hecho, amable señor" dijo Harry, con una sonrisa. "Entonces creo que sabes por qué estoy aquí y sabías que afuera era el mejor lugar para conversar acerca de lo que está frente a tus propios ojos". Los ojos de Harry estaban semi cerrados. "La Fogata."

"No es por eso que te dije que salgamos," dijo Sansón. "Camina conmigo."

Caminaron por la acera y por el medio de la acerca hacia el filo de la vereda. Parqueado al frente de la tienda estaba un automóvil negro brillante Lustro, y encima de su capote había un adorno dorado.

"¿Sabes?, el problema con ese adorno no es el oro en sí", dijo Sansón. Extendiendo sus manos hacia la figura con las alas. "Esta escultura es bonita, ¿no crees?"

"Sí," dijo Harry encogiendo los hombros.

"El problema Harry, es cuando amamos demasiado al oro, a cualquier costo. Si no somos cuidadosos, podemos seguir ese deseo con todo nuestro corazón y terminar persiguiendo a esa criatura con alas hacia el camino equivocado.

"No hay nada malo con hacer que Sleepy Hollow sea un lugar de comercio o de oro pero no al costo de nuestros propios corazones. Nuestro corazón, Harry, es hermoso. Pero sin autocontrol, puede volverse oscuro. Puede engañarnos y destruirnos."

"Entonces, ¿de eso se trata la fogata? ¿Volverse rico?" dijo Harry.

Sansón miró a Harry. "Cuando acumular riquezas es el objetivo más importante en tu vida, el final puede ser solo ruinas."

Harry escuchó cuidadosamente lo que decía Sansón. Rascándose la nariz, Harry miró hacia la parte del césped de la plaza que estaba frente a ellos.

"¿Es razonable pedir a la buena gente que cambie sus negocios y celebren Halloween todo el año para poder alimentar a sus familias,

tengan hijos y puedan vivir una vida cómoda juntos?" preguntó Sansón.

"Creo que sí," dijo Harry.

"Entonces, ¿crees que es razonable quitar a las personas su voluntad, hechizarlas, usar la magia para que creen cosas que no son verdad?"

"No, no, en lo absoluto," respondió Harry.

"¿Por qué no?" preguntó Sansón.

"Nuestra capacidad de escoger es sagrada. Es lo que hace que los humanos sean especiales," dijo Harry. "Todos tienen el derecho de tomar sus propias decisiones. La gente de Sleepy Hollow merecen la oportunidad de escoger."

"Entonces, Harry, tienes que decidir si crees que el hechizo de la fogata está bien o mal para la gente del pueblo. Y si está mal, ¿qué harás al respecto?"

Una oscuridad entró al auto. La sombra cubrió a Sansón y a Harry mientras hablaban. Un escalofrió subió por la espalda de Harry Moon.

"Aléjate de mí Lustro, viejo!" dijo una voz muy enojada.

El niño se dio vuelta para ver al alcalde Maximus Kligore y su grupo de mujeres atractivas que estaban sentadas en la vereda. Habían estado en la plaza supervisando los últimos detalles de los grandes eventos de esa noche.

Cherry Tomato se burló al agarrar la muñeca de Sansón y quitó sus dedos del adorno dorado de la Mujer Voladora.

"¡Él se llama Sansón!" dijo Harry, defendiendo a su amigo frente al poderoso alcalde. Sansón se separó del auto.

"¿Sabes cuánto cuesta este automóvil?" preguntó el Alcalde. Pero no estaba interesado en la respuesta de nadie más que de la suya. "Cuesta $425,000, señores. Eso significan

muchísimas varitas mágicas, viejo."

El alcalde se subió al asiento del pasajero mientras que Bu bu Ju du y Ruby Rutabaker subieron al asiento trasero. Con una burla que podía ir desde Boston hasta Cape Cod, Cherry Tomato caminó hacia el adorno que estaba en el capote, sacando un pañuelo de la caja del embrague. Se paró frente a Sansón y a Harry, se burló y respiró profundamente en el adorno. Con algunos frotes, le quitó cualquier huella digital que hubiese en él.

123

Regresando a ver a Harry y a Sansón, puso su pañuelo cerca de su cara. Mientras los miraba, Cherry se sonó la nariz con el pañuelo y lo lanzó a la basura. Harry casi vomita cuando vio lo que había en el pañuelo. "Qué asco" dijo.

"¡Vamos, Cherry!" dijo el alcalde desde la ventana del frente.

"Ya voy, Gran Jefe," lo dijo Cherry al alejarse de Sansón y de Harry. Cuando llegó al asiento del conductor, ella aceleró hasta el fondo. Al instante, el Lustro salió rápidamente. El alcalde y su grupo se habían ido.

Con ojos calmados, con una resolución fija, Sansón se sacó el botón de la capa morada. Él tenía la tela morada en su mano derecha. ¡SNAP!

Sansón hizo con la tela como que fuese un látigo.

124 Asombrado, Harry miró cómo la tela morada volaba hacia la atmósfera. La capa se estiró como la alfombra en la sala de la familia Moon. Mientras estaba ahí en el aire, la tela cambió de ser de terciopelo a ser de metal, de ser morada a un color plata metálico.

"¿Qué es esto?" preguntó Harry. Sus ojos se abrían maravillados.

"Harry, conoce a Impenetrable," dijo Sansón.

"Hola, Impenetrable," dijo Harry suavemente. Tragó saliva, su garganta vacía se contrajo.

"No va a responderte como lo hace Rabbit, pero sí recibirá tus órdenes," dijo Sansón con un tono de enseñanza.

"¿Para qué es?"

"Es la forma como sigues a aquellos que pidieron prestado el fuego," dijo Sansón. "Debes ver en lo que estás metido. Si es que te atreves."

Harry miró al hombre viejo. Sansón leyó la mente de Harry. "Es solamente otra flecha de mi aljaba," dijo Sansón. "Súbete, muchacho. Impenetrable es rápida, pero no tan rápida. Necesitas seguir a ese Lustro."

Harry agarró el lado de ese metal flotante y se subió encima de la plataforma de metal. Estaba fría.

"Está llena de encanto," explicó Sansón. "Hoy en día, pensamos que lo glamoroso está de moda. Durante miles de años el glamour ha sido un hechizo que te hace invisible. Impenetrable se convertirá en lo que la bondad quiere que se convierta. Pero no hará nada del trabajo sucio, Harry, entonces no te llenes la cabeza de ideas o te distraigas, que es algo que suele suceder a los chicos del 8vo grado. Rabbit estará ahí, por supuesto. Ahora ve, mi muchacho, sé impenetrable. La oscuridad no te tocará mientras estés cubierto con Impenetrable."

En ese mismo instante, una niña de cinco años salió de Sleepy Hollow Outfitters de la mano de su mamá. La boca de la chica se abrió de asombro, mientras apuntaba.

"¡Un mago en una alfombra voladora!" gritó la niña.

Harry, desde encima del metal de plata, quedó mirando a la niña que estaba en la acera.

"Impenetrable, ¡escóndete!" dijo Harry.

Al instante, Harry y la alfombra voladora desaparecieron de la vista.

"Impenetrable, ¡sigue a ese Lustro!"

Con su orden, hubo un WOOSH afuera de la tienda de Magia de Sleepy Hollow, y después un sonido como el de un trueno. El cabello de la pequeña y de su mamá voló

127

hacia atrás debido a la velocidad de la salida de Impenetrable.

"¡Wow!" dijo la mamá. "¡Esta va a ser una noche increíble de Halloween!

"Realmente que sí," dijo Sansón Dupree mientras sonreía a la madre y a su hija.

La madre miró al hombre que estaba en la acera con sus pantuflas rojas y su corona de plástico.

"Madison, ¿verdad?" preguntó Sansón suavemente. La madre estaba sorprendida.

"Eh...sí...pero ¿cómo?"

"¿Y esta es tu hija menor, Phoebe?"

"¡Esa soy yo! ¡Acabo de ver una alfombra voladora como la de Aladino!" dijo la pequeña.

"¿No es eso increíble?" dijo Sansón. El regresó a ver a Madison y dijo suavemente, "¿Por qué no entras Madison? Creo que Phoebe está lista para tener un conejo."

"¡Oh, sí, Mami!" dijo Phoebe.

"¿Quién eres?" preguntó Madison Asherton.

"Soy Sansón Dupree, dueño de la Tienda de Magia de Sleepy Hollow."

"¿Puedo tener un conejito, mami? ¿Por favor?" dijo Phoebe halando la falda de su madre.

Madison Asherton movió suavemente el cerquillo que estaba sobre su cara, enredado por el viento. Miró a Sansón y después a la tienda con el letrero dibujado encima de la ventana que decía, "La Tienda de Magia Sleepy Hollow."

"No me acuerdo haber visto esta tienda aquí antes", dijo Madison. "O a ti Sansón, discúlpame." Madison estaba sorprendida cuando regresó a ver a Sansón. "¿Cuánto tiempo has estado aquí?"

"Desde Siempre," respondió.

"¿Siempre? pero..." Madison respondió, aún más confundida.

"No tengas miedo, Madison Asherton. Ahora tus ojos pueden ver. ¿Viste a Impenetrable, verdad? Bueno, cuando has visto ESO, es difícil no verme a mí o a mi tienda. Entra por favor" dijo Sansón abriendo la puerta de su tienda a Madison y a Phoebe.

"¿Significa que voy a tener un conejo?" Phoebe dijo cruzando rápidamente la puerta.

"No lo sé, chiquita," respondió Madison, distraída. "Tienes que darle de comer y limpiar su jaula."

Pero Phoebe ya no estaba cerca de ellos, habiendo entrado ya en la Tienda Mágica de Sleepy Hollow donde había en las repisas, tesoros y maravillas infinitas.

"No a mi conejo," respondió Sansón.

"¿Entonces, que le das de comer al conejo?"

"Amor."

Al entrar, Madison vio el toldo que estaba encima del umbral, brillante como el sol en un día de verano. Madison Asherton entró al mundo de Sansón, la campana en la puerta sonó cuando ella se dio cuenta que estaba caminando sin tocar el piso.

132

EL FUEGO PRESTADO

El Phantom Lustro pasó por las puertas altas de hierro del cementerio de Sleepy Hollow. Sin ser vistos por nadie, Harry y Rabbit, subidos en Impenetrable, siguieron detrás del carro brilloso y negro. Para ser un automóvil tan caro, el Lustro sí que soltaba mucho humo gris.

"Qué asco," dijo Harry. "¡Ese carro sí que necesita una revisión!"

A diferencia del viento que pasaba por las aceras de Sleepy Hollow, el cementerio estaba callado y quieto. Los dedos de la niebla estaban alrededor de las lápidas como mostrando el camino. Harry tragó difícilmente. Pero estaba bien. Él podía lidiar con las cosas miedosas.

134   Harry y Rabbit se sentaron en la alfombra de acero de Impenetrable, flotando encima de una loma verde. Ellos vieron cómo el alcalde y sus amigos salieron de su auto. Pero Bu bu Ju Du, Cherry Tomato, y Ruby Rutabaker ya no estaban puestas faldas y tacones altos.

Ellas estaban puestas túnicas oscuras y botas negras con correas de plata.

"¿Cómo se cambiaron tan rápido?" le susurró Harry a Rabbit.

"Magia Negra," respondió Rabbit mientras que Impenetrable bajó flotando encima del

cementerio. Con sus dos patas delanteras, Rabbit se arreglaba sus orejas largas que se habían desordenado con el viento al salir de la tienda de magia.

"¿Quién es?" preguntó Harry. Él miró cómo una figura encapuchada salió del carro usando una máscara satinada para cubrir su cara. El satín brillaba con la luz del sol. Solo se podían ver sus ojos.

"¿Adivina quién es tu alcalde?," dijo Rabbit.

135

"¿Por qué tiene una máscara?"

"Parte de la oscuridad," respondió Rabbit. Harry alzó sus cejas. Él se quedó mirando a Rabbit. "Alzó sus cejas. Quedó mirando a Rabbit. "Sabes bastantes cosas, ¿verdad?"

"Tienes que saber bastante cuando estás peleando contra la maldad," dijo Rabbit suspirando. "Desafortunadamente."

Harry y Rabbit miraron desde Impenetrable. Con su máscara roja y su túnica con capucha, el alcalde llevó a las mujeres encapuchadas hacia una tumba abierta donde dos hombres vestidos con mamelucos estaban esperando. Harry miró cómo los trabajadores se reían mientras tomaban unos billetes doblados que les daba el alcalde enmascarado.

"Parecen ser muy amigos," dijo Harry.

"Ellos han hecho eso antes. *La Campaña Manejamos por la Noche* es un negocio muy lucrativo con esos gemelos, los Bittenbenders. Son ladrones comunes de tumbas. Después de los funerales, los Bittenbenders quitan todas las joyas y cosas de valor de los cuerpos, antes de enterrarlos."

"Qué mal," dijo Harry con un tono triste.

"Yo sé," dijo Rabbit.

Satisfechos con la transacción, los Bittenbenders se alejaron de la tumba abierta.

"¿Por qué han vuelto a abrir una tumba?" preguntó Harry. "No se han robado ya todo lo que podían robar?"

"Este negocio es distinto, incluye al alcalde y a los Bittenbenders. Puede que no puedas ver lo que pasa después."

"Oye, soy un hombre," dijo Harry.

"Quedas advertido," dijo Rabbit. Harry y Rabbit estaban mirando, el alcalde dijo algunas palabras sobre la tumba abierta. Después de algunos balbuceos, las mujeres vestidas con túnica repitieron una canción que Harry no podía entender.

De repente, Harry gritó por lo que vio. El hombre encapuchado y la máscara roja volvieron su rostro hacia Impenetrable y hacia la voz de Harry.

"Solamente es el viento, Gran Jefe," dijo Cherry Tomato.

"Nunca es solo el viento," respondió el encapuchado detrás de su máscara, mirando el panorama con ojos maliciosos. Pero aunque trataba con todas sus fuerzas, el alcalde no podía ver nada. Después de todo, él estaba mirando hacia Impenetrable, que los hacía invisibles y que flotaba sobre la loma verde.

Si el alcalde los hubiera visto, hubiera visto un Rabbit muy grande poniendo su pata sobre la boca de Harry para que guardara silencio.

"Por Dios, es la Sra. Kenyon de la clase de geometría del cuarto grado", dijo Harry.

"Sí," dijo Rabbit, "Ella era una muy buena profesora. Te ayudaba cuando tenías problemas con los triángulos isósceles, ¿no crees?"

"¡Sí, ella realmente me ayudó con esos lados congruentes y la teoría de la base de los ángulos!" dijo Harry mirando con horror.

"Ella murió de causas naturales hace ya cinco meses," dijo Rabbit.

"Bueno, parece que la Sra. Kenyon está de vuelta," dijo Harry. Miró cómo la profesora se puso de pie en su tumba. "Mira, ¡está viva!"

"No, eso solo sucede en los juegos de video," dijo Rabbit. "Tu Alcalde y su grupo han llamado a algo maligno. Es la oscuridad la que la ha animado. El cuerpo de la Sra. Kenyon no vive otra vez. ¡Solo el Gran Mago puede hacer algo así!"

"¡Oh Dios!" Harry gritó otra vez por entre la pata de Rabbit, la cual tapaba su boca. "¡Acaban de quitarle la mano! ¡Mira, el cuerpo volvió a la tumba! ¡Qué están haciendo!"

139

Rabbit encogió sus hombros.

"Una vez que la oscuridad tiene lo que quiere," dijo Rabbit, "se deshace de ti como si fueras una papa caliente". Rabbit habló como si supiera lo que decía. Exhaló. "En el caso de la Sra. Kenyon", dijo Rabbit, "se deshicieron de ella como si fuese un cuerpo frío."

"Mira, se están yendo con esa mano," susurró Harry horrorizado.

"¿Crees que ésta es una bendición?" preguntó Rabbit.

"¡No!" dijo Harry desde su puesto en Impenetrable. "¡Es una maldición!"

"No has visto nada todavía mi querido amigo," dijo Rabbit. El arlequín se puso a pensar por un minuto. "¿Piensas alguna vez en las bendiciones, Harry? ¿Cuando alguien te dice 'Que Dios te bendiga' o 'Bendiciones, hijo'?'"

"¿Qué con eso?" dijo Harry, asustado.

"Es una expresión de asombro. Bendiciones. O Bendíceme. Una bendición inmediatamente transforma la atmósfera. Es como flores frescas en un cuarto, hace que el aire sea tan hermoso."

"¿Y una maldición?" preguntó Harry.

"También cambia la atmósfera," dijo Rabbit suavemente, "pero no de la misma forma."

"Creo que no," dijo Harry.

Con el poder de la capa mágica de Sansón Dupree que se convirtió en una máquina voladora plateada, Harry Moon continuó con su misión de descubrir la verdad acerca de la fogata. Como le había dicho a su amigo Hao, Harry estaba convencido de que era un tipo de hechizo, pero tenía que estar seguro antes de destruirlo con su propia "travesura buena."

141

Impenetrable voló al otro lado del pueblo siguiendo al Lustro. Cuando el carro llegó a las puertas gigantes de Folly Farm del alcalde, Harry y Rabbit volaron sobre las puertas en Impenetrable, sobre los barrotes de hierro, llegando al otro lado de las puertas.

Folly Farm era la preocupación comercial más grande del Alcalde Kligore y de su dinastía Kligoriana. No solo era Folly Farm la propiedad comercial de la *Campaña Manejamos Por la Noche*, también era la residencia del alcalde y de su familia. Los hijos del alcalde eran los bullies más famosos del sistema escolar de Sleepy Hollow. Estaba Tito en el grado de Harry, alto y terrible. El otro era mayor. Era el temido Marcus Calígula Kligore, quien era un estudiante de último año y era despreciable hasta su alma. Harry Moon había ido muchas veces a Folly Farm, pero siempre se sorprendía de su grandeza y de su maldad seductora.

142

Por medio del aire estruendoso y soleado, Harry y Rabbit siguieron al carro hasta un patio hecho de piedras viejas en la propiedad de Folly Farm. Desde la distancia, Harry miró cómo se abrió la puerta del Lustro.

No era el alcalde y su grupo de ladrones que salió del carro.

Era la mano.

Salió del Lustro Phantom y cayó en el patio de piedras. Como una araña carnosa, con dedos como patas, la mano corrió a través del patio.

"¿Quién o qué demonios es esa cosa?" preguntó Harry.

"Bueno, parece ser la mano de la Sra. Kenyon," dijo Rabbit, mirando. "Pero es una oscuridad del reino espiritual. La mano es simplemente una herramienta, un recipiente para las malas travesuras."

143

Harry dijo "aj" con asco como que un mal olor había subido por su nariz. "Eso es peor que simplemente algo malo, Rabbit. Eso es profano, hacer lo que le hicieron a la Sra. Kenyon."

"No es ella, Harry. El alma de la Sra. Kenyon ya pasó de este reino hace mucho tiempo."

"Qué falta de respeto con los muertos."

"La oscuridad ha estado aquí miles de

años. Utiliza partes tal como un mecánico utiliza una llave inglesa."

"No significa que esté bien," dijo Harry, enojado.

Moviendo su cabeza.

"No, no significa eso," dijo Rabbit.

Siguieron viendo cómo la mano recogió un palo que había quedado ahí en el piso de piedra. La mano aplastó el palo contra una piedra plana y gris donde estaba el nido de yesca. Moviendo la mano con el palo entre sus dedos, la mano suspendida en el aire, volteó, tratando de producir una chispa.

Mientras las mujeres encapuchadas y el alcalde salían del auto, Harry miró cómo una de las figuras llevaba un tazón martillado, plateado, en sus manos.

"¡Ese es el tazón que yo vi en mis sueños!" dijo Harry.

"Sí, la oscuridad lo ha utilizado durante años," dijo Rabbit.

"¡Me voy a asegurar que esa fogata no comience!" dijo Harry sacando su varita de sus jeans. Harry tenía energía en su cara mientras la movía en el aire y empezó a decir la palabra, "A B R A C A ..."

"Creo que mejor esperas un poco," dijo Rabbit mientras movía su pata frente a Harry.

"¿Por qué esperar? Parar la fogata ahora, antes de que comience algo" dijo Harry al subir su varita al aire otra vez. "A B R A C A ...."

"¿Qué es lo que quieres?," dijo Rabbit, interrumpiendo la orden de Harry. "Tienes el derecho de escoger, y hasta donde yo sé, eres un hombre ya."

"Wow, gracias, Rabbit."

"Sin embargo, este hechizo de la fogata ha estado hipnotizando a la gente por años.

Es así como los habitantes de Sleepy Hollow han sido cegados para no ver la avaricia del alcalde Kligore."

"¿No tienen libertad de escoger?"

"Así funcionan las maldiciones, Harry. La oscuridad bloquea lo que la luz les ha dado a todos, el entendimiento para ver la vida claramente. La única forma de romper una maldición como ésta, la cual está hipnotizando al pueblo durante ya trece años, es romperla cuando ella está sucediendo."

"¿Cómo hago eso?" preguntó Harry al ver cómo la yesca en la piedra empezaba a prenderse con una llama pequeña.

"Romperla como si fuera un huevo," dijo Rabbit.

"¿Como Sansón lo hizo con esta capa?"

"Muestra a la fogata quién manda aquí," gruñó Rabbit. Miró a Harry y le gruñó a él.

"¡Wow!" Dijo Harry, sorprendido. "¡Nunca te he visto así! ¡Tu sí que no estas para juegos!"

"Soy la luz del Gran Mago, Harry," dijo Rabbit.

"Yo sé," respondió Harry.

"Yo no estoy para juegos," dijo Rabbit. "Con excepción de Oink. Él me molesta."

"Él también me molesta a mí," dijo Harry. 147

"Normalmente, yo daría mi otra mejilla."

"Claro," dijo Harry.

"Pero Oink es un demonio. Él me negó hace ya mucho tiempo, y tú sabes lo que eso significa."

"¿Qué, exactamente?"

"Que no puede regresar."

Harry retrocedió de Rabbit porque la

cosita peluda estaba como loca y estaba frente a su nariz.

Harry estaba ansioso por cambiar el tema, porque no le gustaba ver a Rabbit con tantas iras. Miró sobre el hombro de Rabbit desde Impenetrable y vio que el tazón ahora estaba lleno de fuego. La mano estaba en el suelo.

"Me pregunto, ¿qué harán con la mano?" dijo Harry.

"Al alcalde se le olvidó comprar un regalo de cumpleaños para Cherry Tomato. ¿Te acuerdas? Así es como comenzó todo."

Rabbit se apartó de Harry y Harry estaba agradecido de que haya un poco menos de tensión en el aire. Harry y Rabbit miraron al patio desde su plataforma de acero.

"Él va a sorprenderle con un regalo ahora, mira" dijo Harry.

"¿Qué quieres decir? ¿Le va a dar la mano muerta?" preguntó Harry, mirando al grupo encapuchado que seguía en el patio.

"Mira," dijo Rabbit.

El Alcalde Kligore encapuchado, se quitó la máscara roja de la cara y se rió.

"Cómo sabes qué es lo que va a suceder?" preguntó Harry.

"Yo conozco al mal," dijo Rabbit

149

"Y a los demonios, aparentemente," dijo Harry, subiendo sus cejas.

Mientras se reía el Alcalde Kligore, cantó un verso viejo sobre el patio. Harry miró cómo un hombre bajito, con un mandil color verde de un hospital, pasó por la puerta hacia el patio. Caminó hacia el alcalde.

"¿Quién es?" preguntó Harry.

"El Joyero," contestó Rabbit.

Harry semi cerró sus ojos para ver

mejor cómo el joyero, que traía puesto el mandil color verde, recogía la mano cortada. Balbuceó algo sobre sus dedos y sopló. El resto de la piel de la mano cayó.

"¡Qué asco!," dijo Harry. "Esto es horrible."

"¿Qué es lo que te dijo Sansón? Si es una bendición o una maldición, esta cambia la atmósfera."

"¿Aún a mí?" preguntó Harry.

"Tú eres parte de la atmósfera, Harry, ¿o no? Respiras y exhalas, ¿o no? Es más, estás cambiando ahorita mientras hablamos."

Harry viró sus ojos hacia el patio. Hizo un esfuerzo con sus ojos para ver al joyero y cómo éste balbuceaba. Con su boca fea, el joyero sopló en la mano de huesos que tenía en sus patas. Los huesos se rompieron y flotaron en el aire.

"Oye," dijo Harry, completamente sorprendido. "¡Ese no es un joyero! Ese es Oink, "un demonio que tiene muchos talentos," dijo Rabbit. Los pedacitos de hueso flotaban en el aire sobre el patio. Mientras giraban más rápidamente, los pedacitos se volvían unas pequeñas esferas y se juntaban en una hebra. La cara de Cherry brillaba mientras aparecía un collar de perlas alrededor de su cuello.

"Perlas para los cerdos," dijo Rabbit.

"Qué asco", dijo Harry. "Asqueroso."

"Esa oscuridad es un emprendimiento asqueroso," dijo Rabbit con un tono de afirmación.

Desde la plateada Impenetrable, Harry y Rabbit podían escuchar las voces distantes del grupo.

"Son hermosas, Gran Jefe," dijo Cherry, agarrando las perlas entres sus dedos. "¡Gracias!"

"Aún los demonios, con sus travesuras profanas, pueden ser amables," dijo Rabbit.

꙳

"¡Ta da!" dijo Honey Moon dando vuelta frente a Harry. Una vez más, ella entró a su cuarto sin golpear la puerta. Estaba puesta su peluca y disfraz de Cleopatra. Era solamente otra cena y solo unas horas antes de que prendan la fogata.

"¿Qué te parece?" preguntó.

"Ya me pongo la chaqueta," dijo Harry.

"No tienes que hacerlo," dijo Honey. "Ya hablé con mamá. Le dije que si tú no estás disfrazado arruinaría la ilusión de Cleopatra y sus carrozas. Además, Liam y Jason de sexto grado, y su amigo Oliver va a estar también con nosotros. Oliver está en el colegio. Él será mi gran caballo, Bucéfalo. Realmente me van a cuidar.

Honey Cleopatra le dio un beso en la mejilla a su hermano. "¡Adiós hermano, me espera mi carroza!" y así, Honey dramáticamente salió del cuarto con un ademán ostentoso.

Harry miró por su ventana hacia la calle. Había muchos trick-or-treaters en las calles. Vio a Mason y a Liam con sus armaduras en el pecho y sus cascos junto al vagón de Honey. Lo había pintado dorado. En la mente de Harry, era algo aburrido. Había un pobre chico a caballo que estaba halando la carroza cuando Honey se subió a ésta.

153

"Wow," dijo Harry.

"No te preocupes," dijo Rabbit al venir a la ventana a ver, poniendo su brazo firmemente alrededor de Harry. "Yo te cubro."

"¿Qué quieres decir?" dijo Harry.

"Tú y yo, vamos a vencer esta cosa juntos", respondió Rabbit.

John Moon y Mary Moon estuvieron frente a la puerta de la casa Moon, saludando a todos los trick-or-treaters que venían a su casa.

John estaba disfrazado de vampiro con unos colmillos sangrientos de juguete. Mary estaba vestida con un vestido azul y su corona, con zapatos de fibra de vidrio. Era la cenicienta.

John seguía mirando mientras Harry pasaba por entre la multitud de trick-or-treaters en el pasillo. John le llamó a Harry, pero Harry no lo escuchó. Parecía distraído a todos y a todas las cosas.

154   Mary agarró la mano de John mientras veían cómo caminaba solo, por la calle que estaba repleta de chicos disfrazados.

"¿Qué está pasando con Harry?" dijo John a Mary al ver cómo Harry se iba rápidamente por la acera. Harry caminó solo, sin hablar con nadie.

"Dolores de crecimiento," dijo Mary con una sonrisita.

"A veces, Mary, no sé, ¿Harry está loco o es un genio?" preguntó Jhon, murmurando con su boca llena de colmillos sangrientos de juguete.

"Genio," dijo Mary mientras veía cómo se alejaba Harry por la calle Nightingale Lane. "Solo tenemos que amarlo John. Tenemos que ayudar a que dé vuelta sus propias páginas."

"Son esas páginas las que me preocupan, Mary."

"Estas páginas son su destino, John. Él tiene una cita a la que debe llegar," dijo Mary.

El reloj de la torre del patio sonó avisando que ya eran las ocho. Las luces de la calle que rodeaban a Main Street titilaban prendiéndose y apagándose. Se efectuó el toque de queda de Halloween. Los camiones de bomberos de Sleepy Hollow, Concord, y Boston rodeaban la plaza.

155

El patio estaba lleno con los ciudadanos de Sleepy Hollow. Los vendedores – sidra de manzana, donut dunking, sopas y estofados – todos, estaban vendiendo muy bien.

La tradicional banda de Huesos, músicos del teatro local, tocaban en la plataforma.

Estaban puestos disfraces de esqueletos. Cuando la torre marcaba las ocho, la plaza se llenaba con más gente aún y con todos los trick-or-treaters.

En este caos, los ojos de Harry Moon se enfocaban en el tazón de plata que estaba entre dos estudiantes del colegio, que usaban coronas de adviento y túnicas blancas, y que estaban parados en las gradas de la plataforma. Mientras se reunía la muchedumbre, el Alcalde Maximus Kligore se puso de pie y habló acerca de la tradición de la "luz del invierno" que se usa para traer el "fin de la cosecha."

"Escúchale," dijo Harry a Rabbit. "Este es el último desfile para tu luz de invierno, hombre." Mientras tocaba la banda, los dos chicos del colegio se pusieron de pie. Harry sacó su varita mágica para apagar el fuego.

"Acuérdate," Rabbit le dijo a Harry. "No puedes romper el hechizo hasta que el hechizo esté en proceso. Y cuando eso suceda, tienes que atacarlo con un latigazo de tu varita. ¡No te distraigas con los poderes que lucharan contra ti!"

Ni bien Rabbit dijo esas palabras, Honey con su disfraz de Cleopatra, vino corriendo, llorando. Su rímel caía por su cara llena de lágrimas y su peluca también se caía por su pequeña espalda.

"¡Ayúdame, Harry Moon! ¡Bucéfalo se ha vuelto loco! ¡Está atropellando a los gladiadores! ¡Por favor, Harry, tienes que pararlo!"

157

Por primera vez, lo que había dicho Rabbit, "No te preocupes, yo te cubro," tenía significado para Harry. Él iba a necesitar ayuda, y rápido. Mientras Harry corría al pasar por la tienda de sopa de arvejas, ahí frente suyo estaban los dos chicos de sexto grado, Mason y Liam, en el piso. El vagón pintado de dorado se había caído y estaba tan plano como una hoja. La armadura del pecho de Liam se había caído de su pecho, y Mason había puesto sus manos frente a su cara mientras el caballo estaba parado encima de los chicos estando a punto de poner sus patas encima de ellos.

"¡A B R A C A D A B R A!" exclamó Harry, alzando su varita contra el caballo.

"¡TÚ TE ATREVES A DECIRME ABRACADABRA A MÍ!" gritó el caballo a Harry. El caballo no era un simple caballo disfrazado. Sus ojos eran de color amarillo cuando vio a Harry. Cuando sus patas se colocaron ferozmente encima de Mason, fueron movidas por una vara verde que salió de la varita de madera de almendra de Harry.

"¡Corre, Mason!" gritó Harry.

Mason rodó debajo de la varita y lejos del caballo. Pero el caballo dragón tenía otros planes. Había fijado sus ojos amarillos en Harry.

Su cabeza brillaba con brasas amarillas al atacar a Harry. Harry trató de quitarse del camino, pero se cayó. Su varita se cayó, rodando debajo de la caseta Braszier de madera encantada.

158

Harry buscaba en el suelo. Sin su varita, él se preparó para atropellar a esa terrible cosa. Honey Moon gritó. El caballo disfrazado estaba encima de Harry.

Y más rápido de lo que pudiese decir LA TIENDA DE MAGIA DE SLEEPY HOLLOW, una criatura fantasma se movió detrás de Harry. "¡Yo te cubro!" dijo una voz fuerte como trueno que Harry nunca antes había escuchado. La criatura era gigante. Los ojos de Rabbit brillaban con un poder que parecía imparable.

"¡TÚ NO TE METAS CONMIGO! ¡YO LUCHARÉ CONTIGO!" Rabbit.

El lago morfo blanco y negro creció más alto que la torre del reloj. Su mandíbula se cerró al morder al caballo y lo lanzó lejos de Harry. El disfraz de caballo se derritió cuando éste chocó contra el olmo. Bajo el disfraz estaba Oink, gimiendo, pero sin querer ser expuesto. El sabueso feo se escabulló detrás de un árbol y desapareció en la oscuridad.

"¡Harry! ¡Harry Moon!"

Harry regreso a ver quién decía su nombre. "¡Te dije que no te distraigas!" Harry vio cómo Rabbit recogía su varita bajo la caseta. Su amigo había vuelto a su tamaño normal, más o menos hasta la cintura de Harry, ya no era el rescatista gigante.

¡Wuuush! Harry se dio la vuelta. Esta vez giró con el sonido de su poderosa varita.

Rabbit había lanzado el instrumento por el aire y estaba ya volando hacia él. Harry alzó sus manos y la agarró hábilmente mientras giraba.

"¡Rómpelo, Harry! ¡Rómpelo como a un huevo!" gritó Rabbit, "¡rompe su veneno!" Al mirar hacia el centro de la plaza, vio cómo volteaban el tazón. El fuego cayó en el nido de yesca. ¡Solo que este nido en particular era de dos pisos y estaba escondido bajo la torre gigante de la plaza!

¡WOVRUUUM! La fogata se prendió. Las llamas subían por esta torre de pino. Las hojas brillaban con el humo blanco del calor. Las llamas consumían la torre. Tal y como sucedió en el sueño de Harry, la gente de Sleepy Hollow se reunía alrededor de esta conflagración. El aplauso, cada vez más alto, mientras las llamas llegaban a lo más alto de la construcción. La banda de huesos tocaba en la plataforma, añadiendo lo suyo a un ritual del cual no sabían que eran parte.

El humo arremolinado de las hojas impedía que Harry pudiera ver. Si la gente se estaba convirtiendo en dragones, él no podía ver. A la distancia, escuchó el sonido de la campana de la Tienda de Magia de Sleepy Hollow. Parecía ser su único punto de guía en la pared de humo gris y blanco, como si el césped de la plaza fuese un campo de batalla ardiente.

Harry se alejó de la plaza, y como yendo alrededor del huracán, Harry podía ver la tienda de Magia. La puerta del frente estaba abierta, lo que hacía que la campana sonara. Directamente frente a él, tal como hace unas horas cuando Harry había visitado a Sansón, Harry vio el carro de lujo del alcalde.

Sin pensarlo dos veces, Harry saltó al capote del auto, subiendo más allá del parabrisas, encima del techo del Lustro. Desde ahí, Harry podía ver las cimas de los árboles de olmo y de maple que rodeaban la plaza. Vio cómo los camiones de bomberos rodeaban

162

toda la plaza.

"¡A B R A C A D A B R A!" gritó Harry alzando su varita hacia el cielo. Abrió sus brazos como si fueran alas. A Harry le parecía como si toda la naturaleza estuviera en sus manos. Al bajar su varita y su mano, las partes altas de los árboles de maple y de olmo parecían postrarse hacia el piso, obedeciendo su magia profunda. Al postrarse, las partes altas de los árboles se prendieron con las llamas de la fogata.

163

Sin ser visto por Harry, Sansón Dupree había salido de la tienda de magia y miraba cómo sucedía el milagro de Sleepy Hollow.

"¡Qué está pasando!" gritó el Jefe de bomberos Mike Orize mientras veía cómo se quemaban los árboles en medio de la plaza.

En la radio, el jefe gritaba órdenes a los otros camiones de bomberos. Casi instantáneamente, el cielo que estaba sobre la plaza se llenó con el agua de diecisiete diferentes mangueras.

El agua cayó sobre la multitud y tuvieron que parpadear, despertándose, confundidos. Miraron alrededor tratando de entender lo que estaba sucediendo alrededor suyo. Con su túnica mojada de Cenicienta, Mary Moon parpadeó, semi cerrando los ojos mientras la fogata disminuía. Buscaba a su familia. Buscaba a Harry.

Ahí, a la distancia, encima del Lustro Phantom, ella lo alcanzó a ver.

Él estaba ahí parado, más alto que la acera, como el héroe de una película. Ella solo podía ver su silueta, cómo caía el agua por sus mangas. Pero lo podía reconocer en cualquier parte, porque ahí, en su mano derecha, estaba su varita.

Y entendió, en ese momento, quién sería su hijo. No un ejecutivo de Google, ni un doctor en el Mass General, sino un guerrero de la luz contra la oscuridad.

Con todo su reflexionar, ella descubrió el tesoro de una gran sabiduría. Puedes tener los dones de música, o danza, o ciencia, u hospitalidad, o ser un gran seguidor, o ser un gran líder. Estaba impreso en su mano. No puedes tener control sobre tus dones.

Pero tu destino, eso es lo que controlas. Porque el destino es la forma como usas los dones que te han sido dados. Harry Moon estaba en medio de su destino. Por primera vez, Mary Moon podía ver la silueta de su hijo y saber quién iba él a ser.

Él era mágico. Para qué y por qué, puede ser que nunca lo sepa completamente. Pero, como le había dicho la voz de la Iglesia Old North, Harry iba a estar bien.

El agua salía por las mangueras a la plaza. Las llamas de los árboles eran apagadas. La fogata había sido apagada. La gente que miraba ya no estaba hipnotizada por las llamas.

"¡Bájate de mi auto!" gritó El Alcalde Kligore a Harry.

"Estaba solamente limpiando el agua del auto, señor," dijo Harry bajándose del Lustro, alejándose de ese carro que estaba completamente seco.

"¡Quítate de mi camino, vándalo!" gritó Cherry Tomato.

"Oye, ¿qué es eso?" preguntó Harry mirando su collar. Cherry trató de cubrir las perlas, preguntándose qué había visto el niño mago.

166

"¿Qué?" preguntó ella.

"Oh," exclamó, "¡Es algo que no te pertenece!", diciendo esto, agarró la cadena de perlas que el alcalde le había dado por su cumpleaños, y la arrancó.

"¡Gran Jefe!" Cherry exclamó, señalando a Harry, "¡me quitó mis hermosas perlas!"

"Sube al auto, Cherry. Yo te compro nuevas," le gritó el alcalde subiéndose en el lado del pasajero.

"¡Pero me gustaban esas, Jefe!" lloriqueó, agarrándose el cuello como si de repente estuviera desnuda.

"¡Maneja!" le ordenó.

Y así, Cherry no tenía más opción que abrir la puerta del auto y manejar. El carro se alejó, saltando de la vereda. Trataba de atropellar a Harry. Él se cayó al frente y rebotó hacia arriba, se agarró del adorno de oro que estaba en el capote como si fuese su ancla. Agarrándose fuertemente, Harry se encontró cara a cara con el Alcalde, solo les separaba el parabrisas.

"¡Feliz Halloween!" gritó Harry, mirando a los ojos al alcalde que estaba detrás del vidrio.

No hubo respuesta, con la excepción de que el carro se movió fuerte y Harry se cayó como si fuese una muñeca de trapo.

¡CRAACK! Sonó, y Harry salió volando del adorno de la Dama Volando. Cayó en la acera, rodó hasta que se detuvo entre los fragmentos de las alas rotas del Espíritu del Deseo.

Mientras Harry trataba de ponerse de pie en la acera, miró de cerca a la Tienda de Magia de Sleepy Hollow. ¿Estaba Sansón ahí hoy noche? ¿Estaba abierta la puerta? ¿Cómo es que escuché el sonido de esa campanita que he oído casi la mitad de mi vida?

Con su disfraz brillante de Cleopatra, sus dos gladiadores sangrando pero indomables caminando a su lado, Honey corrió hacia Harry.

"¿Estás bien, Harry? Nunca seré Cleopatra otra vez, ¡lo prometo! Quiero crecer. Ya no quiero disfraces. ¡Quiero ser igual a ti!" dijo mientras ponía sus brazos alrededor de Harry. "¡Por favor, me voy a poner ropa normal! ¡Soy un imán para el peligro cuando me visto como reina!"

"No crezcas demasiado rápido, Honey," dijo Harry suavemente y hasta de forma dulce. "¿Me prometes?"

"¡Bueno!" dijo mientras lloraba. Los dos gladiadores también abrazaban a Harry. "¡Prometemos Harry, nosotros tampoco creceremos rápido!" lloraban. Harry meneaba su cabeza, "niños".

Al otro lado de la calle, Harry Moon vio cómo Drácula y la Cenicienta lo esperaban. Sonrió a sus padres, puso su varita en el bolsillo de atrás. Solo quería ser un niño por un minuto.

John Moon tenía a Harvest Moon bajo su

169

brazo derecho y estaba sosteniendo la mano de Mary con su mano izquierda. Honey corrió hacia su mamá y tomó su mano izquierda.

"¿Quieres caminar a casa con nosotros?" le preguntó John Moon.

"Sabes algo," dijo Mary Moon, "Nosotros los caballeros de Nightingale no somos caballeros sin su caballero con armadura dorada."

170 Harry titubeó por un momento. "Yo también quiero mamá."

Mary lo miró. "Yo sé que quieres."

"Pero todavía hay una cosa pequeña que debo hacer hoy noche. Les prometo", dijo Harry mientras miraba a sus padres, "no es peligroso."

"¿Te veo en casa, entonces?" dijo John.

"Nos vemos en casa," respondió Harry.

Y así, Harry se volteó y corrió por Main Street. Inclusive teniendo los camiones de bomberos y carros de policía y gente corriendo a casa, todo lo que Mary podía ver era a su hijo, corriendo por el camino. Y ahí, delante de él, estaba la gran luna en la noche silenciosa.

Ella regresó a ver a John, quien estaba conmovido. Una lágrima rodó por su mejilla.

"¿Qué pasa, amor?" preguntó ella.

"Dolores de crecimiento," respondió.

Harry trepó despacio por el cementerio de Sleepy Hollow. Un coro de búhos estaba haciendo sus sonidos, saludando al mago que había vuelto.

Harry pasó por el lugar de los autores donde Nathaniel Hawthorne, Louisa May Alcott, Henry David Thoreau, y Ralph Waldo Emerson estaban enterrados el uno cerca del otro. Se acordó del himno de la iglesia Old North, la canción de escuchar a Dios en el césped. Estaba seguro de que a Thoreau y Emerson les hubiera gustado esa canción.

Llegó a la tumba que estaba buscando.

El césped cerca de la lápida había sido movido recientemente. Se arrodillo y leyó la lápida para asegurarse de que estaba en el lugar correcto.

Finalmente, dijo: "No sé cómo hablarte porque realmente ya no estás aquí. Espero que estés en un lugar asombroso. Rabbit tenía razón. No me gritaste cuando no podía entender cuando explicabas los lados congruentes en la clase de matemáticas. Siempre estaré agradecido."

Sacó su varita y dijo suavemente, "A B R A C A D A B R A", giró la varita en su mano, y despacito la tierra se abrió bajo el césped.

Sacó de su bolsillo las perlas que Cherry Tomato tenía en su cuello. "No sé si te importe donde sea que estés Sra. Kenyon, pero quiero devolverte tu mano, por si la necesitas."

Lanzó las perlas en el pequeño hueco y lo llenó luego con polvo y césped.

"Sabes, quiero hacer algo bueno por ti, porque tú siempre me cuidaste. Bendiciones Sra. Kenyon. Espero verte algún día otra vez."

ALAS

L o interesante de la vida es que nunca
nada queda igual. Nada vuelve a ser
como era antes. El universo se expande.
Los bebés crecen. Las casas son remodeladas.
Los chicos de Octavo grado van al colegio. "La
única cosa que es permanente es el cambio,"
Benjamín Franklin dijo. Las historias y cuentos
cambian. Se disipan con el tiempo.

Cuando la edición del periódico *Despierto en Sleepy Hollow* llegó a su puerta en el pueblo de New England, el título que decía que la fogata estuvo fuera de control, obligando a que los bomberos la apaguen, estaba ya desvaneciéndose del periódico.

"¡Maldita tinta barata!" dijo el Jefe de bomberos, Mike Orize, parado en la entrada de su casa. Él estaba con su bata ese lunes por la mañana cuando leía acerca de la fogata. El jefe Mike casi no podía ni leer las palabras acerca de la cantidad de hombres y mujeres que habían trabajado con Concord y Boston para poder apagar el fuego.

Trató de leer las palabras pequeñas para ver si habían reportes de lo que él había visto, de que las ramas de los árboles de olmos y de maple habían cambiado mágicamente y que las puntas se habían acercado al fuego misteriosamente, lo que hizo que rápidamente se esparza el fuego, haciendo que los camiones deban actuar con prontitud para apagar la fogata, rompiendo así esa maldición tan rara.

LIFE CENTER
EN ESPAÑOL

411 S. 40TH STREET | HARRISBURG, PA 17111 | LCMI.ORG | 717-232-9006

NUESTRA CULTURA

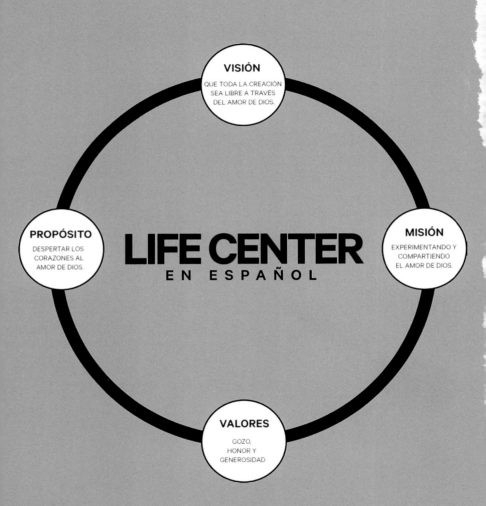

VISIÓN
QUE TODA LA CREACIÓN
SEA LIBRE A TRAVÉS
DEL AMOR DE DIOS.

PROPÓSITO
DESPERTAR LOS
CORAZONES AL
AMOR DE DIOS.

LIFE CENTER
EN ESPAÑOL

MISIÓN
EXPERIMENTANDO Y
COMPARTIENDO
EL AMOR DE DIOS.

VALORES
GOZO,
HONOR Y
GENEROSIDAD

AQUI NOSOTROS...

CREEMOS EN MILAGROS

Dios ha sido fiel más allá de nuestras habilidades trayendo rompimientos de todo tipo. Sabemos que Dios puede hacerlo y lo hará de nuevo... e incluso mucho más. Sabiendo que Él añadirá a nuestros esfuerzos y planes, confiamos y tomamos riesgos basados en esa verdad.

HONRAMOS LA DIRECCIÓN DEL ESPÍRITU SANTO

Nuestra historia está llena de la guía e intervención del Espíritu Santo. Confiamos en Él para que nos dirija en las decisiones cruciales y en las acciones diarias.

ENCONTRAMOS SOLUCIONES A TRAVÉS DE LA ORACIÓN

Esperando en el Señor, escudriñando la Palabra de Dios y escuchando al Espíritu Santo, encontramos soluciones a los desafíos.

HABLAMOS UN LENGUAJE DE ESPERANZA

Establecidos en el Dios de la Esperanza, hablamos con la confianza que estamos haciendo un mundo mejor.

CAMINAMOS EN GOZO

El gozo es la prueba de que estamos segurosVen el amor de Dios por nosotros.

EL DESCANSO ES LA BASE DE NUESTRO TRABAJO

Hacemos nuestro trabajo descansando en el amor de Dios, que nos renueva con Su propósito y poder.

NOS ENTREGAMOS CON GENEROSIDAD

Dios se entregó libre y plenamente por nosotros, así que nosotros nos entregamos voluntaria y totalmente hacia El

BUSCAMOS LA EXCELENCIA

Siempre entregamos lo mejor de nosotros al Señor, buscando continuamente formas de mejorar nosotros mismos y lo que hacemos.

ASUMIMOS RESPONSABILIDAD Y MOSTRAMOS INICIATIVA

Asumimos responsabilidades y buscamos formas de servir ofreciendo ayuda, aportando soluciones creativas y siguiendo su desarrollo.

NOS COMUNICAMOS CON PROPÓSITO

Comunicamos claramente las expectativas definiendo el QUÉ y el PORQUÉ. Fomentamos el diálogo para eliminar confusiones.

JUNTOS SOMOS MEJORES

Trabajamos en equipo y valoramos a cada persona porque amplía nuestra perspectiva y aumenta nuestra fuerza.

VALORAMOS EL PASADO - NOS EXTENDEMOS HACIA EL FUTURO

Honramos a las personas, los principios y encuentros que nos llevaron al PRESENTE. Mientras consideramos lo que es mejor para el FUTURO, nos damos cuenta de que somos enlaces en la cadena de los los propósitos eternos de Dios.

CREEMOS EN:

Creemos que la Santa Biblia es 100% la Palabra de Dios. Las Escrituras son infalibles, inerrantes, y la única y última autoridad para todos los aspectos de la fe y nuestra vida personal.

2 Timoteo 3:16, 1 Corintios 2:13
Proverbios 30:5

Creemos en la Divinidad eterna que se ha revelado como el único Dios que existe en tres personas o manifestaciones, Padre, Hijo y Espíritu Santo, distinguibles pero inseparables.

Génesis 1:26, Mateo 28:19
2 Corintios 13:14

Creemos en el Señor Jesucristo, el Salvador de los hombres, concebido por el Espíritu Santo nacido de la Virgen María, verdaderamente Dios y verdaderamente hombre.

Lucas 1:26-28; 31, 34, 35, Juan 1:14
Isaías 7:14; 9:6, 1 Timoteo 3:16

Creemos que Cristo murió por nuestros pecados, fue sepultado y resucitó al tercer día, apareciendo personalmente a sus discípulos.

1 Corintios 15:1-4, Romanos 4:25
Apocalipsis 1:5

Creemos en la ascensión corporal de Jesús al cielo, en su exaltación y en su venida personal, literal y física por segunda vez para su iglesia.

Juan 14:2-3
1 Tesalonisenses 4:16-17

Creemos en la creación, la prueba y la caída del hombre tal y como se describe en Génesis, su total depravación e incapacidad para alcanzar su justicia divina por sus propios esfuerzos.

Romanos 5:12, 18

Creemos en la salvación de los pecadores por la gracia, mediante el arrepentimiento y la fe en la obra perfecta y suficiente de la cruz del Calvario por la que obtenemos la redención de los pecados y regeneración de nuestros espíritus humanos. Sin esta experiencia, denominada "nacer de nuevo", no podemos experimentar la salvación de Dios.

Efesios 2:8-9, Gálatas 2:16
Tito 3:5

Creemos en el bautismo en agua por inmersión en el Nombre de la Divina Trinidad en obediencia al mandato del Señor Jesucristo.

Mateo 28:19, Hechos 2:37-38;
Hechos 8:14-16; 19:4

Creemos en el bautismo del Espíritu Santo, como una experiencia real en el momento de la salvación con la evidencia bíblica normal de hablar en lenguas.

Marcos 16:17, Hechos 1:5, 8; 2:1-4, 1
Hechos 10:44-47; 19:1-6

Creemos en la operación de los dones del Espíritu Santo hoy en día, tal y como se manifestaron en la iglesia primitiva.

1 Corintios 12:1-27
1 Corintios 14:1-40

Creemos en la vida llena del espíritu, una vida de separación de los valores corruptos y la ética de la cultura que nos rodea, y una vida de crecimiento en la santidad en el temor reverente de Dios como expresión de la verdadera fe cristiana.

Efesios 5:1-2
2 Corintios 6:14-17
2 Corintios 7;1-2

Creemos que la sanidad del cuerpo por el poder de Dios fue provista en la redención y está disponible hoy en día en sus diversos aspectos como se practicaba en la iglesia primitiva.

Isaías 53:4-5, Marcos 16:17-18
Santiago 5:14-15

Creemos en la mesa del Señor y en la comunión de los creyentes. Creemos que esto es más que un simple acto , que el Señor está presente de una manera única cuando se comparte el pan y el vino en recuerdo de su muerte. Hay una liberación de la gracia o el juicio sobre los que participan.

1 Corintios 11:23-32

Creemos en la realidad y la personalidad de las tinieblas y en el juicio eterno en el lago de fuego para el diablo y sus ángeles.

Mateo 25:41
Apocalipsis 20:1

Creemos en la vida eterna y en la bendición en la presencia de Dios para los creyentes y en el castigo eterno para los incrédulos.

Juan 3:16; 5:24, Marcos 9:43
2 Tesalonisenses 1:9
Apocalipsis 20:10-15

Creemos que hay una verdadera iglesia universal formada por creyentes genuinos, y compuesta por muchas congregaciones locales.

Hechos 15:22, Mateo 16:18

Creemos que el cristianismo normal del Nuevo Testamento implica la reunión regular o congregación de los creyentes con el propósito de adorar, orar, enseñar la Palabra de Dios y convivir.

ADORACIÓN
Efesios 5:19
1 Corintios 14:26
Hechos 2:46-47

ORACIÓN
1 Timoteo 2:1-2; 8

ENSEÑANZA DE LA PALABRA
1 Timoteo 4:11-16; 5:17
Tito 2:1-8

CONVIVENCIA
Hebreos 10:24-25

Pero fue otra la historia que estaba en las noticias. "Había sido un otoño muy seco" había dicho el Alcalde Maximus Kligore al periódico, "y las hojas y ramas de la plaza estaban muy vulnerables a las altas temperaturas."

El Jefe Mike meneó su cabeza. En ninguna parte del artículo se mencionaba a Harry Moon y de cómo él había ordenado "Abracadabra" lo cual hizo que los árboles se transformaran, haciéndolos postrarse hasta el suelo.

175

Aunque la historia de la fogata era la historia principal, le pareció al Jefe Mike Orize que esa noche de la fogata catastrófica de Halloween no sería recordada como una historia tan grande, después de todo. Debido a los comentarios del Alcalde, el Jefe Mike, todo el trabajo que hicieron los bomberos sería ya olvidado para la navidad.

Después de todo, no hubo un daño real del fuego. Gracias a Dios, no hubo muertos. Nadie salió herido. No, pensó el Jefe Mike Orize mientras veía cómo se desvanecía la historia frente a sus ojos, la verdad en Sleepy Hollow nunca, nunca era realmente una historia muy especial.

Pero Sleepy Hollow no tendría que pelear sus batallas solo. Ya había un héroe. En el paso de la historia, ya sea El Rey Arturo, Robin Hood o Iron Man, los héroes siempre son abnegados. Van más allá de sus propios problemas y ponen a otras personas como prioridad.

Harry Moon siempre ponía a los otros primero. Y aunque su mamá y su papá se preocupaban, él sabía que debía lanzar una flecha a la magia oscura de la fogata anual de Sleepy Hollow.

"Toma tiempo para desarmar los hechizos," dijo el siguiente día Sansón Dupree, vestido con su bata morada y su corona, a Harry mientras veía cómo los telones y las tiendas se guardaban en los camiones en la plaza principal. "Hiciste bien al apagar la fogata antes de que la gente sea hechizada."

"Las cosas comenzarán a cambiar en Sleepy

Hollow, Harry Moon. La maldad no tiene lugar aquí." Sansón le dio palmadas al joven mago.

"Las cosas siempre cambian, Harry. La única cosa que no cambia es el bien que está dentro de los héroes. Un héroe es un héroe siempre.

"¿Tú crees que realmente valió la pena apagar la fogata?" preguntó Harry.

"Sí, realmente sí, Harry. Tal vez para la navidad habrá menos adornos de brujas y de monstruos en las ventanas, tal vez menos huevos rojos de dragón por las colinas en la búsqueda de los huevos durante la pascua en el Parque de Melville. Es un comienzo," dijo Sansón. "Y los comienzos conducen a lograr grandes cosas, Harry Moon."

Ese domingo, el brillante Lustro Phantom, propiedad de Maximus Kligore, una vez más estaba en las calles durante el día de adoración. Con su expresión real, el Alcalde Kligore estaba sentado orgullosamente en los asientos de cuero mientras Cherry Tomato manejaba.

"¿Sabes en qué palabra he estado pensando, Cherry?" preguntó Maximus mientras pasaban por la iglesia Old North en la esquina del Camino Mount Sinaí y el Camino Nathaniel Hawthorne.

"¿En cuál, Gran Jefe?" preguntó Cherry Tomato.

"Impenetrable, "dijo él, respirando profundamente, soltándolo de su lengua como si estuviera describiendo el chocolate más delicioso para la humanidad.

"Im-pe-ne-tra-ble," dijo Cherry.

"Es verdad," dijo el alcalde, poniendo su espalda en el asiento. "Eso es lo que somos. Impenetrables. Nada, nada nos detendrá."

"Impenetrable," dijo Cherry más rápido, me gusta cómo suena esa palabra. "Eso es, Gran Jefe, manejamos por la noche y somos impenetrables."

"Exactamente," dijo.

El capote del auto pasó por la Iglesia Old North, donde los miembros cantaban un gran coro. El carro brillante y resplandeciente como siempre. Sin embargo, el adorno del capote del Lustro de más de cien años había cambiado. Harry Moon le había roto las alas.

El adorno de la mujer dorada parecía que iba a salir volando hacia el cielo, sin notar que no tenía ya las alas para ir donde quisiera.

Harry había recogido esas alas de la acera y las había mandado a la Iglesia de la Ayuda Perpetua, cerca de Boston. El pastor le dijo que el oro de sus alas podría pagar la comida para las comunidades pobres durante todo el invierno. Él no sabía a quién agradecer por ese regalo, porque cuando recibió el paquete, no había una dirección del remitente.

Algunas veces, solo vemos lo que queremos ver. Las historias desaparecen. La verdad parece borrosa. Pero aun así, el trabajo de los héroes es evidente para aquellos que tienen visión.

Claro, Maximus y Cherry no buscaban la verdad que vive dentro de los miembros de la Iglesia Old North. Maximus y Cherry estaban dejando algo. El Lustro llegó a la acera. Cherry salió del carro y abrió la puerta de atrás

para que Oink pudiera salir.

"Haz que me sienta orgulloso de ti," dijo Maximus.

"Ya sabes, Papi," dijo Oink.

Con sus zapatos Jimmy de taco alto, Cherry entró de vuelta al Lustro. Ella sabía que su Gran Jefe estaba hambriento y que estaban atrasados. Ella y Maximus estaban yendo al Circo de Omelet en el cercano pueblo de Oxford. El Circo de Omelet tenía una oferta de dos por uno. El Alcalde era rico, pero también era avaro.

181

Mientras el Lustro se iba, dejaba atrás a un desconocido y este no era Sansón Dupree.

Para aquellos que no tenían el don de la visión, ésta era una viejita con un sombrero y que llevaba una cartera. Era una persona que necesitaba ayuda. Para aquellos que tenían ojos que podían ver, era Oink, esperando conseguir nuevos reclutas.

Dentro de la Old North, Harry y su familia estaban sentados en la segunda fila, cantando.

Este es el mundo de mi Padre.
Nunca dejes que me olvide
Que aunque el mal
parece ser tan fuerte,
Dios todavía es el Gobernador.

La cara de Harry Moon se veía más dura, más fuerte al cantar esta canción. Aun así todavía no se encontraban pelitos en su cara. Mary Moon parecía ser más sabía. Sus ojos cafés claros parecían brillar. El cabello de color marrón de Honey estaba más largo. Aun Harvest Moon hacía la melodía sentado en los brazos de su padre, parecía más un niño que un bebé mayor.

Y John Moon ahora tenía bigote. Como muchos de nosotros, la familia Moon estaba cambiando.

Pero lo único que no estaba cambiando era la verdad que cantaban. Ser amado por lo Divino era una cosa maravillosa, y mejor aún, que nos dé un amigo que nos guíe, nos anime y nos amoneste.

Y no nos debería sorprender de lo afortunados que somos de conocer a ese amigo. Sea este un desconocido, un conejo, una tortuga, un susurro, un empujón, o a veces la magia de nuestra imaginación.

Nunca, nunca, nunca estén sorprendidos.

184

MARK ANDREW POE

El autor de *Las aventuras de Harry Moon*, Mark Andrew Poe, nunca pensó en escribir libros de niños. Su sueño era amar y cuidar de sus animales, específicamente de sus amigos en la comunidad de conejos.

En el camino, Mark tuvo éxito en muchas carreras. Cuando joven, entró al mundo de la publicación de libros y de la escritura y le fue muy, muy bien a su compañía.

Mark se convirtió en defensor del cuidado, bienestar y salud de los conejos.

Hace años, Mark tuvo la idea de la historia de un joven que tenía una conexión especial con el mundo de la magia, todo esto revelado por medio de su amigo, un conejo. Mark trabajó en esta idea durante algunos años antes de reunir un grupo creativo que le ayudase a dar vida a esta idea. Y nació Harry Moon.

En el 2014, Mark comenzó un proyecto impreso de multi-libros llamado *Las Aventuras de Harry Moon* en el mercado de los héroes, definido por el amor de la magia donde vivían el amor y el 'NO HAGAS EL MAL'. Hoy en día, Mark continúa trabajando en la serie de Harry Moon. Él vive en Chicago con su esposa y sus 25 conejos.

ASEGÚRATE DE LEER LAS PRÓXIMAS,
INCREÍBLES, AVENTURAS DE HARRY MOON

CLUB DE LIBROS HARRY MOON

Vuélvete miembro del
Club del Libro Harry Moon y recibe otra de
las aventurasde Harry cada mes junto con
un gorro de mago illeno de sorpresas!

Corre a www.harrymoon.com
y regístrate.

HARRY MOON LIBRARY IN ENGLISH:

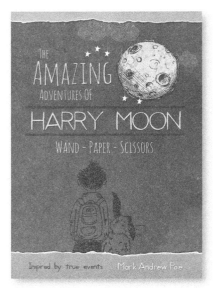

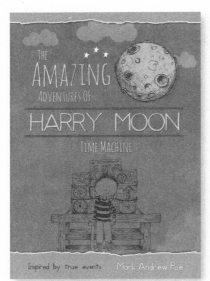

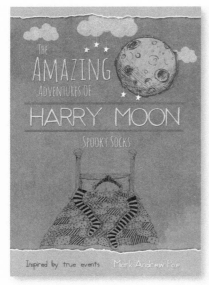

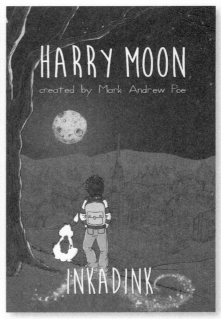

Graphic novel